Samedi 14 novembre

VINCENT VILLEMINOT

Samedi 14 novembre

ÉDITIONS
SARBACANE
Depuis 2003

Bande-son

Acte 1

– Leonard Cohen, *Sound Of Silence (Tribute to Paul Simon)*

Acte 2

– The Rolling Stones, *Paint It Black* (Album *Aftermath*) suivi de *Sympathy For The Devil* (Album *Beggars Banquet*)

Acte 3

– Noir Désir, *Marlène* (Album Live *Dies Irae*) suivi de Nirvana, *The Man Who Sold The World* (Album Live *Unplugged*)

Acte 4

– Dire Straits, *The Man's Too Strong* (Album *Brothers In Arms*) suivi de Damien Saez, *Les fils d'Artaud* (Triple Album *Messina*)

Acte 5

– Louise Attaque, *L'insouciance,* interprété en live au Théâtre du Trianon, 15 mars 2016.

« Et moi aussi, je me suis senti prêt à tout revivre. Comme si cette grande colère m'avait purgé du mal, vidé d'espoir, devant cette nuit chargée de signes et d'étoiles, je m'ouvrais pour la première fois à la tendre indifférence du monde. De l'éprouver si pareil à moi, si fraternel enfin, j'ai senti que j'avais été heureux, et que je l'étais encore. Pour que tout soit consommé, pour que je me sente moins seul, il me restait à souhaiter qu'il y ait beaucoup de spectateurs le jour de mon exécution et qu'ils m'accueillent avec des cris de haine. »

Fin de *L'Étranger*, Albert Camus.

« Le dernier ennemi qui sera détruit, c'est la mort. »

Paul de Tarse, *Première Épître aux Corinthiens.*

Et puis ensuite, il y eut une brève pause de silence. B. s'en souviendrait.

Quelques secondes, deux ou trois, c'est très court, comme s'il fallait que chacun se remette de sa stupeur. Ou peut-être est-ce attendre, reprendre son souffle ; comprendre qu'on est vivant ; s'assurer qu'ils sont vraiment partis, les tueurs. Ou bien est-ce tout le bruit, le vacarme du monde qui se sont retirés ? Il paraît que lorsqu'une munition d'artillerie explose, l'effet de souffle te donne ce sentiment – tout l'air s'en va, en une seconde, juste avant que les shrapnels te déchirent ; que la peau cesse d'être une peau, un bouclier, une frontière entre le monde et toi.

Mais là, ce n'est pas ça. Il n'y a pas eu de shrapnels.

Il y a eu la voiture qui freine, les portières qui s'ouvrent, claquent. Et, sans une semonce, les rafales. Deux armes. Des fusils d'assaut, marque kalachnikov, modèle AKM (ou peut-être AKMS en tôle emboutie), dont on vide les chargeurs.

Il y a eu – autour de B. – les chaises qui se renversent, les tables, les corps qui tombent, les verres qui explosent en esquilles, en milliers de débris ; l'impact sec sur les vitrines, les cris, de surprise, d'effroi.

Et ensuite, les portières, le moteur qui s'emballe.

Puis, ce silence.

Ce sursis.

B. relève les yeux, à quatre pattes sur le trottoir, dans les chaises emmêlées, les tables, dans le givre du verre. La voiture est partie.

Il a le temps de penser : « *Je ne suis pas mort* », avant la fin du monde.

Un gémissement.

Il a le temps de se demander : « *Pierre ? Où est Pierre ?* »

Et puis, une femme se met à pleurer, doucement. Et toutes ces voix, d'un coup, tous ces cris. De peur. De douleur. Des appels. Des suppliques. Des soupirs.

Les pleurs, les râles. « Ils ont tiré », « Ils ont tiré sur nous » ; mots répétés comme pour s'en convaincre.

Les imprécations, les prières : « S'il vous plaît… » « Mon Dieu. Oh mon Dieu. »

Les sirènes.

« S'il vous plaît, mon Dieu ! » « Oh mon Dieu. »

« Mais qu'elle ferme sa gueule… »

Il a pensé ça, B., à quatre pattes, penché sur Pierre. *« Qu'elle la ferme, elle. Et son dieu. »*

Son frère s'appelle Pierre. Son frère a trois impacts de balle dans la poitrine, des impacts qui sembleraient à B., par la suite, assez petits, il aurait cru que les armes de guerre en faisaient de plus gros. Il plaque ses paumes sur les trous par où les balles sont entrées – ou sorties, il ne sait pas ; il doit empêcher le sang de quitter le corps de son frère, parce que la vie s'échappe entre ses doigts, elle coule, elle fuit.

Il parle à Pierre.

Il lui dit qu'il ne doit pas partir. Il lui dit qu'il est là, qu'il ne faut pas partir.

– Parle-moi, parle-moi, Pierre, parle-moi…

À aucun moment il ne cherche le pouls. Il ne veut pas de réponse à cette question-là.

Il ne saura pas, ensuite, si Pierre est déjà mort à ce moment.

Après, ce sont les scènes habituelles des catastrophes, sur la grande scène du crime.

Les gyrophares immobiles, sans sirène ; les couvertures dorées qu'on déroule ; les pompiers penchés sur les victimes. Le type du Samu, blouse ouverte, fait le tri – médecine de guerre, savoir qui on sauve et pour qui c'est trop tard. Les perfusions, les brancards de fortune ; les corps allongés à même le trottoir, qu'on soigne, qu'on évalue…

– Reste avec moi, frangin. Tu m'entends ? Pierre. Pierre ? Reste avec…

Il gêne le pompier. On l'écarte.

« *Reste avec moi…* »

Il n'entend plus rien, s'assoit sur le trottoir, mains ballantes. Les masques à oxygène. Les brancards. Des draps, déjà, ou des nappes, jetés sur des corps. Sur leurs visages.

« *Reste avec moi…* »

Des grappes de sauveteurs penchés à deux ou trois essaient, essaient, essaient de garder une vie. Le givre, le verre brisé. Le sang plein le bitume, en traînées. Tous ces yeux éperdus qui se croisent, ne savent plus l'ordre et l'usage du monde : « Tu y étais ? Tu as vu ? » « Ou tu viens d'arriver ? »

« *Reste…* »

Les flics dans ce chaos s'efforcent d'orienter, d'orchestrer, permettre aux ambulances d'évacuer les vivants et les morts.

Le mobilier brisé. L'ardoise en miettes. Les traces, les impacts. Les douilles sur l'asphalte.

Ils ont recouvert Pierre. Ils veulent l'emporter.

Les flics parlent à B. Il n'entend pas. Ne sait pas. Ne veut pas.

Plus tard, il se souviendrait qu'il regardait ailleurs. Ailleurs, pas dans les yeux d'un humain – d'un sauveteur, d'un rescapé, d'un passant. Ailleurs, mais où ?

La nuit à l'hôpital. Chaos étrangement effaré des urgences, gestes secs des soignants, silence des victimes – moins de plaintes, de suppliques, les regards s'échangent, s'interrogent. Peut-être est-ce simplement le calme de la morphine.

L'infirmière, une jeune femme, lave les mains de B., pleines de sang – celui de Pierre, le sien. Elle enlève les échardes, verre, métal, qui s'y sont incrustées, les jette dans un bassin.

Il se laisse faire.

Un interne soigne son bras blessé sans qu'il s'en aperçoive. La balle tirée de face par l'un des deux tueurs a éraflé le biceps.

De face… Il y repense. Avant, juste *avant*, il a eu le temps de voir les deux autres passagers, dans la voiture, l'homme à la vitre arrière qui le regardait, et l'autre, le conducteur – puis il a vu les tueurs sortir, braquer leurs flingues.

Est-ce cette seconde d'avance qui l'a gardé en vie ?

Peut-être. Qui peut dire ?

Il a plongé, sûrement. Il ne se rappelle plus. A-t-il frôlé la mort ?

La balle n'est pas entrée, elle n'est pas ressortie. Elle l'a juste écorché. N'a pas traversé l'os. Le muscle saigne, il faut faire quatre points, c'est tout.

Le calibre des fusils d'assaut était du 7,62 mm ; ou plus exactement du 7,62x39, M43. Suture, anesthésie locale.

L'interne ne dit pas : « Vous avez de la chance ».

A-t-il eu de la chance ?

Aurait-il dû crier, quand il les a vus ?

Pierre leur tournait le dos. Ils se disputaient toujours la place face à la rue, mais ce soir – « C'est ton anniversaire, à toi les filles en jupe et en collants ! », lui avait dit Pierre, grand Seigneur.

Pierre est mort.

B. est debout, au milieu des urgences, dans un couloir débordé. Les chambres et les boxes sont pour les mourants.

La Bétadine a jauni sa peau. Sur une crémaillère ambulatoire, la perfusion se balance, ils ne précisent pas cette nuit le contenu du cocktail ; on ne précise rien, cette nuit, il faut aller vite…

Il a le torse nu, le bras bandé. Les gens qui sortent des boxes échangent avec lui, regards, quelque chose que B. ne sait nommer, un effarement, une stupeur d'être en vie ; une reconnaissance.

Personne n'est là pour lui. Personne ne sait encore. Son portable était posé sur la table, en terrasse… Les parents, est-ce qu'ils savent ?

Sûrement, on en parle. Des images défilent. Sûrement.

Qu'est-ce qu'il fait ici ? Qu'est-ce qu'il fait ici alors qu'il est vivant et que Pierre est mort ?

Depuis combien de temps ?

Sans un mot, il enlève le cathéter de la perfusion, contient avec une compresse la goutte de sang qui perle – il a appuyé, mains ouvertes, sur les trous dans la poitrine de Pierre, mais le sang de son frère, il ne s'arrêtait pas.

Il ramasse ses vêtements posés sur une chaise. Il enfile son t-shirt, son pull, avec difficulté parce que son bras est raide, le coude pris dans le bandage. Son blouson sous le bras, il passe la porte du service.

Dans l'immense hall d'attente de l'hôpital Georges P., des images défilent sur les écrans – de gyrophares, de morts sous des draps dans des ruelles. Sur les bandeaux d'information des télévisions, on dit qu'ils sont 112. On en décomptera 130, tout à l'heure, demain.

B. ne voit pas ça, ces chiffres. Il traverse le hall.

Il ne veut plus être ici. Il veut être seul, ne plus rien savoir. Il veut rentrer chez lui. Il est six heures du matin, il sort dans la nuit. Il passe son blouson. C'est la nuit pour toujours.

ACTE I.[1]

1 *« Neve minor neu sit quinto productior actu*
Fabula quæ posci vult, et spectata reponi.
Nec deus intersit, nisi dignus vindice nodus
Inciderit : nec quarta loqui persona laboret. »

/ *« Que votre fable entière, en cinq temps partagée,*
Ne se montre jamais plus ou moins prolongée.
Sur la scène offrez-nous trois acteurs seulement :
Qu'un dieu n'y vienne pas forcer le dénouement. »

Horace, *De l'Art poétique, épître d'Horace aux Pisons*.
(Traduction de C. Lefebvre-Laroche, P. Didot l'aîné, 1798)

B. marchait comme un somnambule. Il se sentait funambule, plutôt : en équilibre fragile au-dessus d'une douleur sans fond. Il avait le bras gauche ankylosé et était à deux doigts de perdre la raison.

Si je regarde, je tombe. « Si tu regardes, tu tombes », disait Pierre, lorsqu'ils s'entraînaient sur la *slackline*, au bois de Vincennes.

Le fait d'éprouver le froid, et aussi de pouvoir s'en protéger, vaille que vaille, en serrant son blouson, lui fit du bien. C'était un jeune homme maigre et d'assez haute taille, chevelu – une broussaille épaisse châtain clair aux reflets cendrés, mal maîtrisée, avec des pattes qui descendaient bas sur ses joues creusées. Le nez et les pommettes saillantes, un front haut, des yeux clairs. Sa tignasse, sa lèvre imberbe, duveteuse, lui donnaient un air très juvénile ; et rêveur aussi, peut-être.

Il paraissait à peine ses vingt ans. Il les aurait dans trois jours. Pierre avait tout de même tenu à les fêter hier soir, en terrasse, parce que Pierre partait – devait partir – ce matin à Londres, pour trois mois.

En choquant la première pinte, ils avaient ri :

– Tu sais que ça porte malheur, les anniversaires avant l'heure ? Un vendredi 13, en plus…

– Je prends le risque.

Chaque souvenir, un abîme désormais ? Une chausse-trappe, un gouffre ?

B. avait dans ses poches les clés de l'appartement qu'ils partageaient, le temps de leurs études : Pierre en M2 de Sciences politiques, lui en L2 Arts du spectacle, parcours cinéma.

Il y avait des militaires, prépositionnés – casqués, vêtus de gilets pare-balles – devant la station Balard.

Il descendit dans le métro.

En dépit de l'heure très matinale, 6 h 35, il n'eut pas à attendre : la rame était à quai, presque vide. Elle stationna longtemps, c'était un début de ligne.

Les trois autres passagers le regardaient, à cause des pansements sur ses mains sans doute – pour la tache sombre, sur la manche gauche de son blouson, ç'aurait pu être du café renversé. Quatre personnes montèrent, successivement, dont une jeune fille à peine plus âgée que lui, avec une écharpe rouge et l'air d'avoir pleuré. Les autres étaient des hommes. Deux d'entre eux avaient les yeux vitreux, le teint un peu livide des nuits qui ne finissent pas – se pouvait-il qu'ils aient passé la soirée à faire la fête, en ignorant ce qui… ?

Ou pire, en le sachant ?

Hors les deux fêtards, les passagers se regardaient. Il y avait une surprise perceptible, ce matin, entre eux, de vivre dans cette ville qui avait vécu ça ; qui survivrait à ça. Une manière de reconnaissance, aussi.

Dans quelques jours, on dirait aux autres, aux familles et amis de province : « Vous ne pouvez pas comprendre. »

On se demanderait comment on se remet.

On n'aurait rien vécu.

Rien. Rien.

La jeune femme bouleversée, écharpe de tricot rouge, lui fit un sourire triste, comme s'ils partageaient la même peine, le même effroi.

« Nous sommes unis dans la peine. Elle nous réunit. »

« Chacun de nous aurait pu y être. »

Ou :

« Ç'aurait pu être moi. »

Mais non. C'était lui. Lui, il y était, avec Pierre.

B. regarda ailleurs, par la vitre, jusqu'à ce que la rame démarre. Dans le noir du tunnel, il lut les graffitis sur les murs – inscrits par des types qui se laissent enfermer la nuit dans les stations, qui pensent qu'il suffit d'écrire sur les murs pour qu'ils nous appartiennent. Écrire sur la nuit, dans les ténèbres.

La nuit, aussi, essaie d'écrire sur nous.

B. changea de métro à Concorde, puis à Hôtel de ville. Les stations Châtelet et République étaient fermées « en raison des attentats terroristes ».

Très vite, on ne dirait plus ça : « les attentats terroristes ». On dirait : « après ce qui s'est passé », « après les événements », « en ces circonstances », ou encore « vu le contexte », comme si les mots précis – *tuerie*, *massacre*, *attentats multi-cibles* – ne convenaient plus. Le drapeau, très vite, servirait aussi à la place des mots.

Sur la ligne 11, il y avait davantage de monde, déjà.

Les gens s'y dévisageaient plus que d'ordinaire. Trois ou quatre feuilletaient des journaux. Les unes disaient notamment :

« *CARNAGES À PARIS* »

et « *CETTE FOIS C'EST LA GUERRE* »

Les photos étaient peut-être celles de leur terrasse ; ce corps sous ce drap, peut-être Pierre.

B. aurait pu crier :

« Moi, j'y étais. » « Pierre est mort. »

Ce matin-là, il aurait pu.

Les autres l'auraient pris dans leurs bras, serré contre eux, *free hugs*. Il aurait senti la chaleur de leurs corps, la douceur de ses larmes, l'amertume. On l'aurait conduit, accompagné vers un centre de soins, avec tact. Il ne le fit pas.

Aurait-il dû rester à l'hôpital ? Attendre d'être examiné, de répondre aux questions ? Passer par la cellule de soutien psychologique ? Patienter même jusqu'à l'arrivée de ses parents, qu'on aurait prévenus – ils auraient pris la voiture en pleine nuit, six heures de route, sa mère aurait parlé, un peu, pas son père, concentré sur le volant, le trajet, l'abîme ; et quand ils seraient arrivés, enfin, vers midi, quand B. les aurait vus entrer dans l'immense hall de l'hôpital moderne Georges P., sa mère le cherchant dès la porte tambour, il se serait levé, elle l'aurait vu, aurait fait bonne figure, elle aurait marché vers lui bravement, de ce pas sec qu'elle a quand elle est bouleversée, puis elle l'aurait pris dans ses bras, lui tellement plus grand qu'elle ; et ils auraient pleuré, pleuré longtemps ?

Cette nuit il n'a rien dit, rien fait. Il ne les a pas appelés. Pas eu ce courage.

Il a répété deux fois les mots à l'infirmière qui nettoyait ses mains : « Pierre est mort ». « Mon frère Pierre… il est mort. »

Elle hochait la tête : oui, elle comprenait…

Elle ne comprenait pas.

L'idée le submergea : il fallait appeler, maintenant. Prévenir. Leur dire : « Je suis vivant, et Pierre est mort ». Juste ça. Sans doute l'hôpital les avait-il avertis, mais il devait leur dire, lui aussi.

Sauf qu'il ne pouvait pas. Il ne pourrait pas faire ça à l'appart' ; et sans portable.

La table s'était renversée quand…

Savait-on déjà ? Le cherchait-t-on ?

L'entreprise californienne Facebook avait prévu un dispositif appelé *safety check* que B. aurait actionné pour dire qu'il était indemne, s'il avait été indemne ; mais il ne l'était pas. Les blessés aussi auraient eu besoin d'un dispositif – *injury check* ? *death chek* ?… Les blessés et les morts. Pour signaler à ceux qu'ils connaissaient : « J'ai été blessé à la terrasse du C., au carrefour de la rue Bichat et de la rue Alibert, le 13 novembre, à 21h25 (8.25 p.m. heure universelle), d'une balle dans le bras, et mon frère est mort. »

Mais Facebook n'avait pensé qu'aux rescapés indemnes.

D'où appeler ?

B., tout à coup, ne s'imaginait plus rentrer à l'appart' ; se retrouver seul chez Pierre et lui.

Où aller ? Chez Clara ? À l'hôpital ?

En tout cas, revenir sur ses pas.

Il se leva de sa place, précipitamment, parce que le métro entrait en station.

Au moment où il allait quitter la voiture, il vit l'Arabe monter dans le wagon.

L'Arabe avait un visage fin, presque trop, des yeux très sombres, le nez busqué, des cils et des lèvres de fille. Ses cheveux gominés en arrière accentuaient un peu sa ressemblance avec Frank Nitti, dans le film *The Untouchables* de Brian de Palma – ça avait frappé B., hier soir, cette ressemblance, l'instant d'avant qu'ils tuent.

Ce visage. Ce regard. Hier soir.

Il lui avait semblé sentir ce regard sur lui, à travers la vitre de la voiture. Est-ce pour cela qu'il avait tourné la tête assez tôt, vu les deux autres descendre ? Qu'il avait plongé ?

Peut-être. Il ne se rappelait plus.

Ce dont il se souvenait, c'est que cet Arabe-là n'était pas sorti de la Seat noire. Il était resté les yeux écarquillés, derrière la vitre arrière, pendant que les autres tiraient.

B. se rassit, fit mine de s'être trompé, s'excusa auprès de sa voisine.
L'Arabe descendit deux stations plus loin, à Belleville.
B. l'imita.

Les couloirs de correspondances étaient fréquentés, pour un samedi à 7.00.
Où allaient les gens, moins de douze heures après ? Reprendre le cours d'une vie ?
Devant B., l'Arabe marchait d'un pas rapide. Il portait une veste kaki, peut-être militaire, enfilée sur un sweat noir, un jean. Rien de remarquable. Il prit la direction de la ligne 2, accéléra en montant l'escalier de la station aérienne : le métro arrivait.

B. s'engouffra dans le même wagon que lui, s'assit sur une des quatre places prioritairement réservées aux infirmes de guerre, aux infirmes civils... Était-il l'un, ou l'autre ?

Et tous les blessés qui jonchaient le trottoir, hier ? Civils, militaires ?

Debout, accroché à la barre chromée de la plate-forme, l'Arabe lui tournait le dos. B. pouvait le regarder de face dans le reflet, à son aise. Hier soir, il n'avait pas noté que l'homme arborait une ombre de barbe, quelques poils au menton, comme un adolescent. Il ne paraissait pas très âgé – 24, 25 ans, tout au plus.

Était-il armé ?

Faudrait-il plonger, se coucher, encore cette fois ?

C'était si étrange d'être là, à six mètres de lui. Le cœur de B. ne battait même pas plus vite.

S'il avait eu son téléphone, peut-être qu'il aurait appelé la police, à cet instant :

« – Il est là, dans mon wagon. Ligne 2, station Jaurès… Stalingrad, maintenant…

– Qui ça, Monsieur ?

– Le quatrième terroriste, celui de la Seat noire. Devant moi.

– Vous êtes sûr ?

– Absolument. Aucun doute.

– Comment pouv…

– J'y étais. Je suis un rescapé. Mon frère Pierre est mort, et je le reconnais… »

L'Arabe sortit à La Chapelle, emprunta les couloirs en direction des grandes lignes de la Gare du Nord. Le TGV ? Oui. Sans doute voulait-il prendre le train, quitter la scène de crime – Paris, Paris tout entière.

B. lui laissa un peu d'avance. Silencieux sur les semelles de ses baskets, le bras gauche toujours roide, il tendait le cou pour l'apercevoir. Il entendait sa respiration, comme une voix off dans ses oreilles. Son souffle ne lui semblait pas monter de sa propre poitrine. Les effets de la morphine ? De cette nuit sans sommeil, du choc ? Syndrome post-traumatique ?

Il ne savait pas.

C'était aussi insensé que d'avoir quitté l'hôpital sans un mot ; aussi absurde ; aussi fou que de se faire tirer dessus, à l'arme de guerre, sur une terrasse de la rue Bichat.

Dans la gare, il vit de loin la silhouette mince, capuche noire, hésiter, se diriger vers une borne jaune pour prendre un billet.

Sans raison, B. supposa que si l'Arabe prenait le *shuttle*, ce serait pour aller porter le *jihad* en Angleterre. Pierre… Pierre devait prendre le *shuttle*, ce matin. Aurait dû.

Si c'était pour une autre direction, en revanche, ce serait pour fuir. En Belgique ? Aux Pays-Bas ? L'Arabe ne portait aucun bagage, pas même un sac de sport comme celui dans lequel le type du Thalys cachait ses armes automatiques, l'été dernier.

B. attendit à distance.

Il y avait dans la gare des patrouilles, par trois, d'hommes en arme, en gilet pare-balles, en treillis camouflé ou bleu marine ou noir. Ç'aurait été facile d'aller en trouver une.

L'Arabe, maintenant, attendait son train, les yeux rivés sur un moniteur qui informait des départs.

Dix minutes plus tard, il se dirigea vers la voie 11. Lille-Flandres.

Une haie de policiers, quatre ou cinq, barrait l'accès aux quais. En s'approchant, l'Arabe marqua un temps d'arrêt presque imperceptible. B. le vit ensuite présenter son billet, sortir un portefeuille, des papiers d'identité.

Qu'est-ce qui le décida à ne pas se précipiter à cet instant-là, pour dire : « C'est lui, c'est lui, j'y étais, vérifiez… Mon frère Pierre, dans la liste des 130. Et lui, je l'y ai vu » ? La morphine ? La stupeur, la colère ?

L'Arabe passa le barrage.

B. lui laissa encore quelques secondes, se présenta à son tour. Le train pour Lille-Flandres partait dans neuf minutes. Il donna son passeport aux flics, montra sa carte bleue, dit :

– Je prendrai mon billet à bord.

S'ils ne l'avaient pas laissé passer, B. aurait dénoncé l'Arabe. Mais le diable était avec son projet, sans doute. Le diable était partout comme chez lui, ce matin.

II

Avait-il déjà décidé de ce qu'il allait faire ?

Il longea tout le train, inspectant les voitures à travers les fenêtres.

L'Arabe fumait sur le quai, presque au bout, à une voiture de la motrice.

B. s'arrêta à une trentaine de mètres, devant un wagon de seconde, comme s'il comptait fumer lui aussi. Il ne l'avait pas fait depuis la tuerie. Il en eut envie, fouilla son blouson. Poches vides. Le paquet de Pierre et le sien étaient posés sur la table, avec les portables, les verres, le Zippo de Pierre…

Il s'approcha d'un homme, une quarantaine d'années, un barbu un peu gras.

– Excusez-moi, vous n'auriez pas une cigarette ?

L'homme hésita une demi-seconde. B. montra son blouson sali de sang, les pansements sur ses mains :

– J'étais là-bas, cette nuit. S'il vous plaît. Rue Bichat.

Un effroi passa dans les yeux du barbu. Il sortit ses Lucky.

– Je peux vous en prendre deux ou trois ?

L'homme hocha la tête, lui fila tout le paquet (il en restait neuf), le briquet, jeta sa propre cigarette à moitié consumée pour s'engouffrer dans la voiture.

B. éprouva fugacement, mais de façon cuisante, un sentiment de honte. Alors elles faisaient peur, les victimes ? Elles feraient peur, davantage que pitié ? Il inspira trop vite la première bouffée, en tournant le dos à l'Arabe, sentit ses poumons se dilater, toussa. Puis il fit volte-face.

L'Arabe avait fini sa clope et montait dans la voiture 18.

Pour la première fois, B. lui parla, intérieurement. Il pensa «*Fils de pute*». Même s'il n'avait rien décidé, encore, rien de précis, ce furent les premiers mots.

Fils de pute.

Il finit sa cigarette, en alluma une autre.

Il toussa encore, plusieurs fois, puis son corps retrouva un fonctionnement normal. Il faisait froid, glacial même, sur ce quai. Il battit la semelle pour se réchauffer, jeta sa cigarette aux trois quarts consumée et monta dans la voiture 17, au signal du départ, demeurant sur le marchepied jusqu'à la fermeture des portes pour être sûr que son assassin ne sauterait pas au tout dernier moment.

L'Arabe, l'assassin. Son assassin.

Ils descendirent au terminus et B. faillit perdre son assassin dans la gare de Lille-Flandres.

Ils changèrent de train, empruntèrent un TER qui desservait toutes les gares jusqu'à Calais. Ils descendirent à D., sortirent de la gare.

Son assassin jetait régulièrement des coups d'œil derrière lui.

B. le suivait sans mal, en dépit de son inexpérience.

Des scènes de films – décalées, grotesques, en la circonstance –, lui revenaient, des types en imper qui prenaient en filature d'autres types en imper.

Ils marchèrent pendant près d'une heure, traversèrent deux communes, villes côtières modestes (autrefois balnéaires, peut-être) du Pas-de-Calais, immeubles et devantures de petits commerces, quartiers de plus en plus relégués. Aux maisons de la presse, des affichettes de la *Voix du Nord* et de *Nord Éclair* annonçaient : « HORREUR » et : « TUERIES ».

Plusieurs fois, B. aperçut la mer, au bout d'une rue.

Son assassin finit par s'arrêter devant un bâtiment de trois étages, un peu décrépi, plutôt moins cependant que ceux qui l'entouraient.

C'était le 83, rue de Dunkerque.

B. le vit sonner, attendre – moins de trois secondes –, entrer.

Il patienta quelques instants derrière une voiture, traversa la rue en courant, se planqua sous le porche voisin. Il compta jusqu'à soixante avant d'aller voir à la porte de l'immeuble. L'interphone comptait huit noms, des étiquettes écrites à la main, sauf deux qu'on avait imprimées avec plus de soin. Un seul nom avait une consonance arabe.

B. lut à voix haute pour lui-même :

– Melle Layla al-Raqiq.

Deux hommes assez âgés, vêtus de pauvre, de peu, buvaient à la terrasse d'un café, à une trentaine de mètres. De là, B. pourrait voir sortir quiconque quittait le 83, rue de Dunkerque, sans être aperçu des fenêtres…

Il s'assit, commanda un café, prit conscience qu'il n'avait pas une thune dans son portefeuille.

Ils n'avaient jamais beaucoup de fric – Pierre un peu plus, parce qu'il faisait le gardien trois nuits par semaine à l'hôtel de la Nation. (Ces nuits-là, Clara venait chez eux. Ils étaient tranquilles, ces nuits-là, pour faire l'amour dans le salon, dans tout l'appartement…) Hier soir, Pierre avait dit : « C'est moi qui offre, c'est ton anniversaire, bro' » ; et Pierre souriait. Pierre avait un cadeau, sans doute, dans sa sacoche, sans doute l'aurait-il sorti après deux pintes…

B. avisa un distributeur automatique, à une centaine de mètres, alla tirer 120 euros, tout ce qui lui restait sur son compte ce 14/11/2015.

Pendant l'opération, il ne quitta pas des yeux la porte de l'immeuble, sauf le temps de composer son code.

Il revint à la terrasse, sécha son café, en commanda un deuxième. Il feuilleta un journal oublié sur une table. Il attendait, sans savoir quoi, exactement – ou prétendant encore ne pas savoir.

Là, maintenant, il aurait pu acheter un téléphone à carte ou demander un portable à n'importe qui, dans ce quartier de prolétaires. On le lui aurait prêté sur la foi du pansement, comme on lui avait donné les cigarettes trois heures plus tôt. Il aurait appelé la police, indiqué l'adresse, le nom. On l'aurait cru, sur la mort de son frère.

Il ne le fit pas.

La part de coïncidence lui paraissait trop grande ; à bien y réfléchir... qu'il ait survécu à la première rencontre et le recroise quelques heures après... ça semblait trop énorme. Cela avait un *sens*, forcément. Dans le brouillard de la fatigue, de la morphine, de l'épuisement moral, il ne pouvait y voir du hasard : l'Arabe, c'était le sien.

Oui, à cette heure, sans doute avait-il décidé, déjà.

– Même pas peur, dit-il, à voix basse.

La voix de Pierre résonna en écho dans sa tête – « Moi non plus ». Leurs jeux d'enfants...

« Même pas peur », c'est aussi ce qu'ils avaient écrit sur leur page FB en janvier, quand les tueurs avaient tué à *Charlie*, à Montrouge et à l'Hyper Cacher. « Même pas peur », parce qu'ils ne voulaient pas se prétendre Charlie, et ça ne les empêchait pas de compatir ; « *Au contraire*, disait Pierre, *c'est parce qu'on se reconnaît d*ifférents qu'on peut vivre ensemble. On peut aimer Charlie, on doit aimer Charlie, on n'est pas Charlie. »

« Même pas peur », même si on pleure.

« Se savoir différents. S'assumer différents. » « Vouloir vivre ensemble. » « Faire corps. » C'étaient les mots de Pierre, ils en avaient parlé, des heures, des jours…

(Ils parlaient souvent, le soir tard, tous les deux, dans leur cuisine, en buvant une bière.)

Putain, d'y repenser, de repenser à Pierre, à ses efforts pour trouver le mot juste, qui n'accuserait personne, n'engloberait personne, n'amalgamerait personne… (Aux incessants efforts de Pierre, aussi, quand il en parlait cet hiver avec ses amis, dans leurs bars – des amis discoureurs, bavards pour certains, que B. connaissait ; dans le cénacle desquels il était introduit… Ça le rendait fier, B. Ça le rendait fier depuis l'adolescence, au collège-lycée de Romans, de faire naturellement partie du cercle des amis brillants du brillant Pierre V.)

« *Et eux… Tu crois qu'ils ont cherché à faire des distinguos, eux ? Tu crois ?* » pensa-t-il.

« *Il nous ont bien baisés.* »

Trop de colère. Pas de hasard.

Son assassin.

Pour la première fois, B. songea qu'il devait se procurer une arme, peut-être.

II

La serveuse vint lui demander s'il voulait déjeuner, maintenant.

C'était une femme entre deux âges, très sèche, tatouée à l'avant-bras gauche, et maintenant qu'elle en parlait, il avait faim…

Il commanda un sandwich, vit presque au même moment une fille sortir du 83, rue de Dunkerque. Elle portait un de ces pulls qui arrivent à mi-cuisse, prune, sous une veste de laine sombre ; un jean, et un *hijab* gris perle.

Elle se dirigea vers lui d'un pas pressé. Layla al-Raqiq ?

Il se leva, chercha dix euros dans sa poche pour régler sa commande. Tant pis pour le sandwich.

Elle frôla la terrasse sans le voir. Quand elle fut passée, il lui emboîta le pas.

Layla al-Raqiq entra dans une supérette, deux rues plus loin, une enseigne locale. Elle alla droit aux rayonnages des vêtements – B. la suivait de loin. Il la vit prendre deux chemises, un pull, une pile de t-shirts, des sous-vêtements d'homme. Elle les jetait dans son caddy comme une personne qui pare au plus pressé. Elle alla ensuite aux rayons de l'hygiène prendre du savon, une brosse à dents, des rasoirs et de la mousse… Visiblement, elle avait un invité.

B. sortit de la supérette, revint attendre devant la terrasse où il avait bu ses cafés. Là où Layla al-Raqiq ne s'étonnerait pas qu'il soit encore.

Il sentait une fureur monter en lui. « *Tu le caches, ce fils de pute ? Tu le caches.* »

Son assassin… Venait-il ici se planquer plusieurs jours, ou juste quelques heures ? Se procurer de quoi fuir ?

Dans leur plan, était-il prévu initialement qu'il meure ? Qu'il tue, puis qu'il meure, qu'il tue en mourant, comme les sept autres ?

Layla al-Raqiq repassa devant la terrasse, avec ses sacs plastique à l'enseigne de la supérette.

Il se leva, la talonna discrètement, fut sur elle alors qu'elle composait le digicode de son immeuble :

– Je crois qu'on va au même endroit…

Elle lui rendit son sourire, modestement. Il fut frappé de sa ressemblance avec l'Arabe – le visage allongé, presque maigre, les lèvres trop fines, les longs cils. Mais elle avait des yeux marron très clairs.

Quand la porte se fut refermée sur eux, elle le laissa passer.

Il la frôla dans le passage étroit des boîtes aux lettres.

Puis il se retourna sur elle, brutalement, plaqua une main sur sa bouche – son bras gauche la repoussa contre le mur en même temps.

La tête de la jeune femme heurta le mur, un bruit sourd.

PREMIER ENTRACTE

L'UN DES DEUX FÊTARDS QUE B. A CROISÉS DANS LE MÉTRO, il a débourré tout à fait, à cette heure-ci. Il s'appelle Arno. Il a à peine 30 ans, il est seul dans son appartement.

En rentrant de ce long vendredi fini à l'aube suivante, il s'est souvenu que son ami H. était à un concert, hier soir – un groupe américain dont il ignore le nom. Il a essayé d'avoir des nouvelles, et il en a eu. Elles sont mauvaises, tragiques.

Il boit un café noir, au goût de sel. Il se sent bouleversé par cette perte. Tous ces souvenirs qui l'attachaient à H.

Hier, il a hésité entre sa soirée alcoolisée et le concert avec H. Il aurait pu y être, au Bataclan… Peut-être aurait-il dû… Alors, serait-il mort ? Cela dépend. Sur 1500 personnes, il y a eu 100 morts dans la salle de spectacle, davantage de blessés – il aurait pu mourir, mais ce n'est pas sûr.

Arno songe qu'il était en train de boire, pendant qu'H. mourait.

Que s'il n'avait pas été en train de boire, il aurait pu peut-être se jeter sur H., le couvrir, le protéger, servir de bouclier – tant d'autres l'ont fait, dans la fosse. Les témoignages affluent de ces courages inouïs, simples comme l'évidence. Il n'y a pas de plus grand amour...

Lui, l'aurait-il fait ? Aurait-il aimé, spontanément ? Serait-il mort ?

Ce sont des questions à la con. D'accord. Mais à bien y regarder, peut-être la vie d'Arno lui semble-t-elle *à la con*, elle aussi, ce matin.

⊙

LE TYPE BARBU, UN PEU GRAS, QUI A DONNÉ SES CLOPES À B., SUR LE QUAI, ne comprend toujours pas qu'on laisse des survivants... Qu'on les laisse comme ça, divaguer dans les rues, la nature, sur un quai d'une gare, le lendemain matin... Sans soutien, sans écoute, sans cigarette. (Et puis, sans écran non plus entre eux et les « vivants », les indemnes.)

Ça le scandalise, même.

Le type barbu, il ignore qu'on est toujours seul, en ces heures. Toujours... Que le soutien ne peut rien. Aucune cellule psy. Qu'accomplir un deuil, ce n'est pas un « travail » ; juste une affaire d'abîme qu'on affronte, ou pas. Un gouffre, une abstraction : s'imaginer refaire un pas dans un monde où Pierre, par exemple, et tant d'autres, ne sont plus.

⊙

LES DEUX VIEUX, EN TERRASSE, DANS LA RUE DE DUNKERQUE, c'est Max et Janusz ; la serveuse tatouée, entre deux âges, qui est venue proposer à B. un déjeuner, c'est Ida ; la caissière maghrébine, dans la supérette, elle s'appelle Dounia...

Ces quatre-là se ressemblent peu, d'âge et d'origines, de condition. Cela n'empêche : dans trois semaines, aux élections régionales, ils voteront pareil – facho. Mais ils n'y pensent pas, pour l'heure. Ça n'occupe pas leur esprit. Ça ne paraît pas si grave, si énorme, c'est anodin.

Ils s'en foutent un peu, par exemple, que Marine Le Pen ait suspendu sa campagne quelques jours, comme les autres.

Ils seront en colère, dans un mois jour pour jour, quand une fois de plus elle sera battue, défaite, « contenue ».

Elle dira en souriant que c'est partie remise. Les autres diront gravement que c'est un soulagement. « On s'en sort ! » « Ouf ! » « On a eu chaud ! » titreront les journaux, avec de grosses manchettes (comme aujourd'hui, ils font de grosses manchettes sur la nuit à Paris)…

Eux quatre, Max et Janusz, Ida et Dounia, ne diront rien, sans doute. Ils ne commentent pas non plus tous ces morts aujourd'hui. Ils ne savent pas quoi en dire, à qui les reprocher.

⊙

LA FILLE À L'ÉCHARPE ROUGE EN TRICOT, c'est Ninon. Quand B. l'a croisée dans le métro, station Balard, elle venait de passer la nuit à parler, parler, parler avec ses amis, comme un exorcisme, de ce qui est arrivé – ces *meurtres* ; ces *attentats* ; ces 130 *assassinats*, qu'il faut considérer un par un, pour en saisir l'horreur ; comme autant de trous noirs… Toutes ces vies, heureuses, inquiètes, autonomes, pleines, ébauchées, et brisées d'un seul coup.

Elle ne connaît personne, parmi les victimes. Cent trente. Des jeunes gens de son âge, des victimes plus âgées. Sans compter les blessés.

Mais ça n'empêche, elle en tremble encore.

Ce sont ses rues, son quartier, ses terrasses. La salle de ses concerts. Elle aurait pu y être. Repense-t-elle au regard, noir brûlant, du garçon ce matin dans le métro – celui avec des pansements sur les mains ?

Repense-t-elle plutôt aux mots de Jules C. cette nuit, contre l'état d'urgence ? En tremble-t-elle encore ? Elle est partie très tôt, après leur nuit blanche, à cause de ces mots. Rentrée chez elle. Elle n'est pas allée faire son marché hebdomadaire. Pas le courage, l'envie. Elle voulait tout, sauf que cela ressemble à un samedi ordinaire, où on fait les comptes puis ses provisions. Elle s'éprouve épuisée, accablée. Sentiment que cette nuit, elle a changé de siècle – vieilli, soudain ?

Ninon déjeune tôt, seule, debout, elle mange froid les nouilles sautées, à même le ravier où elle avait remisé ses restes hier soir. Elle laisse la radio se répéter, ressasser l'impensable.

Le silence serait pire.

Elle a appelé des amis, ce matin, puis sa mère, longuement, pour parler.

Finalement elle s'assoit, s'efforce de mâcher. Ça lui coûte. Elle n'a jamais ressenti cette lourdeur, cette tristesse – ou peut-être une seule fois, à la mort de sa grand-mère. Aujourd'hui aussi, elle a perdu un proche. Un parent – non, cent trente, cent trente prochains, qui viennent de tomber.

Tout à l'heure, ce soir, elle retrouvera les copains. Ses amis tendres et gais, qui ce soir seront graves. Ils discuteront, débattront. Dans des canapés, devant des bouteilles d'alcool. Contesteront. S'échaufferont. Elle s'entendra parler, répondre, leur dire ses vérités. N'en croira pas, sans doute, ses propres oreilles, lorsqu'elle dira qu'elle a peur, mais avec d'autres mots : qu'« on les a trop laissés », qu'« il faut se ressaisir » ; qu'à force de tout comprendre, à force d'antiracisme, « on leur a laissé le champ libre » ; « Et voilà. Voilà maintenant. »

Voilà où elle en est. Elle dira qu'il la fait chier, Jules C., son ami qui pérorait hier soir contre l'état d'urgence ; que c'est toujours aux mêmes qu'on la réserve, la capacité d'indignation ; qu'elle aurait bien voulu l'entendre, Jules C., contre l'islam des banlieues, les fillettes voilées, les mosquées dans les caves. Les imams clandestins, les quartiers de non droit…

Ça ne lui ressemble pas, cette rage. Elle ne se reconnaît pas. Doit-elle se ressaisir ? Elle est chouette, normalement, Ninon. « Ouverte », comme on dit. Généreuse dans les mots, libertaire d'idées. Est-il vrai que tout a changé cette nuit ?

En fin de compte, elle ne va pas y aller, retrouver les copains. Ça ne sert à rien. Parler, parler, parler… Pour ne rien dire, au fond. Juste se tenir chaud, se donner l'illusion qu'on maîtrise les choses. Mais les choses, elles s'en vont, elles fuient entre nos doigts, quelque chose est parti pour toujours hier soir…

Une confiance, ou bien une innocence ?

Elle fait à la hâte sa vaisselle solitaire, dans la kitchenette de ce studio loué avec sa première paie. Elle ne voulait pas de colocs, malgré ses amitiés. Autonome. Indépendante.

Mais là, elle éprouve brutalement le besoin de sortir. Seule, depuis ce matin, parfaitement, salement seule.

Elle fouille ses tiroirs, s'énerve, finit par trouver une des bougies parfumées qu'elle utilise quand des copains viennent à la maison et qu'ils fument à la fenêtre. L'étiquette carrée sur la bougie, typographie anglaise, dit : « PAPIER D'ARMÉNIE. »

Ces mots qu'elle aimait lui semblent tristes, sordides. Elle est au bord des larmes.

Elle passe une veste, l'écharpe de tricot rouge. Elle descend, s'engouffre dans la bouche du métro. Quatre-Septembre. Elle va à République, là où elle est allée avec plusieurs millions, en janvier. Le 11. Ce matin, il n'y aura pas les chefs d'État du monde pour défiler. Pas la foule. Pas de chants ni de crayons brandis. Ce n'est plus une affaire d'expression.

C'est une question de vie et de mort – ou juste de mode de vie ? Et est-ce la même chose ?

Est-ce ça qu'ils attaquent, vraiment ? Le fait de rire, de boire, de mettre des robes légères, d'aller à un concert, en terrasse, de danser ? Vraiment ?

Est-ce si subversif ? Ça les empêche de quoi, ces salauds ? D'être purs ?

Elle ne sait pas. Elle est un peu perdue.

Sur la place de la République, là où fanent les fleurs remplacées souvent depuis janvier, là où les dessins et les mots se sont délavés, malgré les pochettes plastique dans lesquelles ils sont glissés, il y a des gens. Des grappes d'humains se cherchent, se serrent, se dévisagent.

Ninon sort sa bougie au papier d'Arménie. La chanson de Gainsbourg chantonne dans sa tête, et la voix de Cantat. « Laissez passer les petits papiers… »

La flamme de la bougie s'éteint presque aussitôt qu'elle la pose sur le socle, au pied de la statue. Elle met un genou au sol, la rallume, fait un paravent de son corps, de ses mains, entre la mèche et la place, pour que la flamme ne s'éteigne pas.

Elle va la maintenir.

Elle restera ici toute la nuit s'il le faut, pour garder la flamme allumée, dérisoire, vaillante.

ACTE II

– Il est seul ?

B. appuya plus fort en plaquant Layla al-Raqiq contre le mur. La sœur du tueur lâcha ses sacs, battit des cils, très vite.

Elle avait cru qu'il voulait la violer, sans doute. Il crut qu'elle allait pleurer ou défaillir.

– Ton frère ? Il est ici… Je viens le voir. Il est seul, là-haut ?

Elle le regardait sans paraître comprendre, les yeux écarquillés, bouche entrouverte sous sa main. Il percevait son haleine chaude.

– Putain, tu parles français ? Il est seul ?

De la main gauche, il lui enfonça ses doigts dans l'épaule, comme une griffe. Elle battit de nouveau des cils, hocha finalement la tête.

– Si tu cries, je te tue. Je vous tue tous les deux. D'accord ?

Nouveau hochement de tête.

– Prends tes deux sacs avec une seule main. L'autre, tu la mets dans le dos. Pas un mot.

Il obligea la fille à se retourner, la bloqua en clé de bras.

– Allez, on monte, tu m'emmènes.

II

Sur le palier du premier étage, elle parut hésiter. B. lui tordit le bras dans le dos, elle poussa un petit cri.

– Tais-toi.

Il y avait son nom sur la porte de gauche. Il colla l'oreille : du bruit. Le torrent habituel de la télévision, le bavardage inepte. Il mit un doigt sur ses lèvres :

– Vous avez un code entre vous ? Un mot de passe ?

Elle secoua la tête.

– Il est armé ?

Elle hésita, dit oui et non à la fois, avec les yeux.

– Ouvre.

Il lui lâcha le bras, elle fouilla dans le sac qu'elle portait en bandoulière, s'y reprit à plusieurs fois pour introduire la clé dans la serrure, à cause de la peur, ou en espérant que…

Que quoi ?

Elle entrebâilla la porte – il la poussa vers l'intérieur, brutalement, entra derrière elle, directement dans un salon-pièce à vivre assez vaste.

L'assassin sortait au même moment de la salle de bains. En slip et maillot de corps, il portait une serviette autour du cou, et avait les cheveux trempés.

Il dit vers eux, sans regarder sa sœur…

« كم كنت بحاجة اليه ياليلي لقد انقذت حياتي »

… une phrase en arabe dans laquelle B. reconnut le mot « Layla ».

Il avait parlé d'une voix enjouée – une plaisanterie peut-être… Il dut être surpris que sa sœur ne réponde pas, car il releva la tête. B. et lui se dévisagèrent. Une seconde d'hésitation.

B. vit que le regard du tueur cherchait quelque chose.

Le pistolet. À trois mètres. Posé sur la table basse.

Il écarta la fille, heurta le canapé, se jeta sur le flingue. L'assassin était déjà sur lui.

Il le gifla d'un revers, avec l'arme.

L'assassin recula de trois pas, tomba, le visage dans les mains, le cul sur le plancher.

B. empoigna la crosse, pointa l'arme, le doigt sur la détente :

– À genoux ! Contre le mur ! À genoux, fils de pute… Toi aussi, la fille… À côté de lui !

Plus tard, il se souviendrait d'un grand éclat de rire, sauvage, dans son ventre. Et l'instant d'après, sans prévenir, la trouille. Une peur panique.

Il les avait sous le canon de son arme. À sa merci.

Et maintenant ? Il faisait quoi, maintenant ?

Il ne sentait aucune merci en lui, et pas davantage les épaules de gérer ça. Et si l'autre avait une arme, un couteau, dans son dos ? Dans ses sous-vêtements ? Il ne voulait pas mourir.

Il dit à l'Arabe :

– Relève-toi. Fous-toi à poil.

L'assassin assis par terre retira son visage de ses mains, le regarda stupidement. Sa joue était tuméfiée, le coup de crosse.

– T'es droitier ?

L'autre approuva.

– Alors n'utilise que la main gauche. Tu te relèves et tu te mets à poil. Ta main droite reste en l'air. Vas-y… Toi, la fille, tu as des cordes ? Du câble électrique ?

À genoux, les yeux toujours baissés, elle fit non de la tête.

– Du gros scotch ?

– Oui… du scotch. Dans… dans la cuisine.

Il n'avait pas entendu sa voix jusque-là – un filet, timide, mais avec quelque chose de rauque, comme un soupir.

– OK. Alors tu vas le chercher. Si tu me la joues à l'envers, si tu tentes quoi que ce soit, je le tue. Ton portable… il est où ?

– Dans mon sac.

– Alors tu le sors, tu le poses sur le canapé, puis tu vas dans la cuisine. Attends… Attends une minute…

L'assassin s'était relevé, pesamment. Il avait retiré son maillot de corps et hésitait. B. dit :

– Le slip, fils de pute. Magne-toi. Ensuite, tu fais un tour sur toi-même.

L'Arabe s'exécuta, se prit un pied dans le sous-vêtement. Voir ses couilles et son sexe se balancer fit remonter le grand rire dans le ventre de B.

– Très bien. Remets-toi à genoux.

– Il… Il n'a rien fait, dit la fille, les yeux toujours baissés.

– Si tu redis ça, je le tue.

– J'étais à la terrasse, hier soir, je l'ai vu. Ils ont tué mon frère. Alors, si tu redis qu'ils n'ont rien fait, je le tue, et je te tue ensuite.

Ils écarquillaient les yeux, tous les deux.

Elle alla dans la cuisine, revint presque immédiatement avec du scotch orange industriel. La main gauche de B. tremblait, contre sa jambe, sans qu'il parvienne à la maîtriser. Il n'avait connu la violence, le corps-à-corps, auparavant, qu'en de très rares occasions et à un degré moindre – le rugby, après le bac, pendant deux ans. Rien à voir.

Saurait-il se servir de l'arme ? Il l'ignorait. Il ne savait pas non plus s'il en avait envie. Il lui semblait que oui.

Il fit signe à la fille d'enrouler le scotch, quatre fois, cinq, autour des poignets puis des mains de son assassin, dans le dos.

Il s'efforçait de paraître dominer les événements, d'avoir de l'assurance. L'assassin s'assit par terre, sur son ordre.

– Maintenant, tu fais la même chose avec ses chevilles, ordonna-t-il à la fille.

Elle s'exécuta. En la voyant agenouillée devant son frère, à trente centimètres de ses couilles, il eut une pensée salace, envie de se foutre d'elle et de la situation. Il ne le fit pas.

Elle parla à son frère :

«سامحني فليس لي الخيار، كل شيء سيكون علي مايرام»

Il répondit :

«انه انا من ينبغي ان يعتذر يا اختي، فوالله لم اكن لاعرف»

– Qu'est-ce que tu as dit ? hurla B. Qu'est-ce que tu lui as dit ?

Dans ce cri, sa voix avait monté, trop aiguë – presque une voix d'ado.

– Je lui ai demandé pardon, répondit-elle. Et je lui ai dit que ça allait aller.

– Et lui, il a dit quoi ?

– Qu'il me demandait pardon.

– D'accord… D'accord… Mais vous ne parlez plus entre vous… pas en arabe. Et ça ne va pas aller, non… Va faire du café, maintenant…

●

B. attendit Layla al-Raqiq et son café, debout à deux pas de son assassin garrotté et assis sur le sol. Il regardait autour de lui sans vraiment voir, tentant d'imaginer la suite. La crosse de l'arme dans sa main était métallique, lourde, légèrement granuleuse.

– Tu t'appelles comment ? demanda-t-il finalement à son prisonnier.

L'autre releva la tête, soutint son regard.

– Abdelkrim. Abdelkrim al-Raqiq.

– Tu as quel âge ?

– 24 ans.

– Pierre aussi avait 24 ans.

B. s'accroupit, prit le rouleau de scotch, fit deux fois le tour de la tête de l'assassin en le déroulant pour occulter sa bouche. Ensuite, il le tira en arrière par les bras, sur le plancher, vers l'angle de la pièce où il venait de repérer les tuyaux du chauffage central, le long du plancher. L'autre tomba sur le côté et se laissa traîner comme un meuble, il protestait sous le bâillon.

– Ta gueule.

B. redonna deux tours de scotch aux chevilles, aux poignets, puis les fixa aux tuyaux. Ainsi allongé sur le flanc, et ligoté, l'assassin ne pourrait pas bouger. B. alla à la télévision – le Premier Ministre disait que c'était une guerre, et l'état d'urgence, et que la France ne céderait pas à la peur, ce qui paraissait contradictoire –, coupa le poste, revint au prisonnier.

L'assassin tenta encore de dire quelque chose à travers le scotch. B. répondit :

– C'est ça, fils de pute…

La fille entra dans le salon à ce moment. Elle sembla envisager la situation. Le plateau du café trembla un peu dans ses mains, elle le posa sur la table ronde, sous laquelle deux chaises étaient glissées.

– Qu'est-ce que vous allez faire ? dit-elle en reculant de quelques pas.

– Je ne sais pas… Je ne sais pas encore… Mais maintenant, j'ai le temps d'y penser. Ton frère ne risque pas de… Et toi, si tu essaies…

– Je sais. Vous le tuez.

– Très bien. Très bien, alors. Sers le café dans ma tasse. Ensuite, tu t'écartes, tu te colles contre le mur.

Le café lui sembla bon. Épais, oriental. B. en avait bu de ce genre l'été dernier, en juillet, au cours de leur voyage, avec Pierre – en Israël et dans les Territoires. C'est là que Pierre avait acheté le keffieh qu'il portait toujours, depuis, autour de son cou. Hier soir, il le portait, sans doute. Sûrement.

Sûrement, le sang de Pierre l'avait taché.

« Ils t'ont bien baisé, tu vois… »

Il ressentit un vertige, prit une cigarette dans le paquet posé sur la table basse, l'alluma. C'était sans doute le tabac du tueur. La sœur, elle, ne fumait certainement pas.

– Tu fumes ? lui demanda-t-il pour en avoir le cœur net.

Elle secoua la tête. La blessure au bras gauche de B. lui faisait mal. Il avait dû prendre un coup, quand il avait heurté le canapé…

– Tu t'appelles Layla, c'est ça ?

Elle opina, cette fois.

– Lui… Abdelkrim… C'est ton grand frère ?

– Oui. J'ai 21 ans, et lui…
– 24. Je sais. Comme le mien. Pierre.
– Et vous vous appelez com… ?
– Pour toi, je m'appelle Monsieur. Ferme ta gueule.
Elle s'assombrit, les yeux perdus dans le vague.

– Quand j'en ai parlé, j'ai eu l'impression que tu ne savais pas que ton frère y était, hier soir… Je me trompe, Layla ?
« Non », fit-elle de nouveau.
– Et ça ne t'a pas posé question qu'il se pointe précisément aujourd'hui, pour se cacher, avec un pistolet ?
– Il m'a dit que c'étaient des amis à lui, Monsieur. Il m'a dit qu'il n'avait rien fait, lui, mais que c'était des amis de Belgique, et que les flics allaient…
Elle s'interrompit.
– Que les flics allaient… ?
– Les arrêter, lui et tous les autres. Les faire tous payer.
B. secoua la tête, incrédule, se resservit une tasse de café. D'un coup, il avait faim. Il se sentait une faiblesse presque, une fringale.
– Et maintenant, tu crois qui ? Lui ou moi ?
– Je… Je ne sais pas, Monsieur.
Elle hésita, haussa les épaules.
– C'est mon frère…

– OK. Alors, Layla, voilà ce qu'on va faire. D'abord, tu vas nous faire à manger. Ensuite, on va écouter ce que ton frère aura à nous dire. Et là, nous verrons qui tu crois. D'accord ?
Il lui parlait comme à une enfant trop jeune ou une débile légère. Il s'en rendit compte, fronça les sourcils.
– D'accord ?!
Elle acquiesça.

– Qu'est-ce que vous voulez manger, Monsieur? demanda-t-elle, après un temps de silence.

– Je ne sais pas. Tu as quoi ?

– Pas grand-chose. Nous devions aller manger un couscous, dehors, une fois qu'Abdel serait… habillé.

– Ah.

– Et ensuite, cet après-midi, je serais allée faire les courses. Pour la semaine…

Il ne l'écoutait plus.

Au restaurant. Le tueur et sa sœur. Le lendemain. Quatorze heures après qu'ils avaient tiré sur cette terrasse.

Le grand rire sauvage remonta dans son ventre…

– Changement de programme. Tu vas aller faire les courses, pendant que je reste avec lui. Je vais te faire une liste. Une liste précise…

Il dressa la liste, sortit de sa poche un billet de vingt, un billet de dix. Il lui tendit le tout, dit :

– J'invite, et je paie.

Elle lut le papier qu'il avait griffonné. Il vit dans ses yeux cette peur, la même qu'elle avait eue déjà dans le hall de l'immeuble, quand son crâne avait heurté le mur et qu'elle avait pensé qu'il voulait la violer.

Pendant l'absence de la fille, B. tourna d'abord en rond dans la pièce. Il prit le portable posé sur la table, essaya les codes pin habituels – 0000, 0123. Mauvaise pioche. Qu'importe. À son retour, il lui ordonnerait de le déverrouiller ; il appellerait ses parents et Clara, leur dirait qu'il était vivant. À l'heure qu'il était, ils devaient savoir que Pierre était mort, ils devaient s'inquiéter. Mais d'abord, avant tout, il fallait que l'assassin avoue…

B. se le répéta : il n'était pas fou, le type était dans la voiture – d'ailleurs, il avait un pistolet…

Il fit un tour de l'appartement. C'était un deux-pièces-cuisine, un salon assez vaste et une chambre modeste. C'était meublé de neuf, de récent du moins, en bois clair, avec un peu de fric, du goût et de l'attention – les photos en noir et blanc, au mur, venaient de Yellowkorner, il les reconnaissait. Il s'était attendu à quelque chose de miteux, et d'oriental aussi, mais les murs, le canapé, le couvre-lit dans la chambre étaient blancs, sobres. Dans la chambre, il nota aussi le lit simple, en métal, un lit de jeune fille de 15 ans.

La cuisine, quant à elle, était assez vétuste. Les placards vides, sauf quelques boîtes de riz, semoule, deux ou trois conserves, des condiments. Et des biscottes. Il en mangea deux, revint dans le salon, fuma une nouvelle cigarette, ralluma la télévision.

Toutes les chaînes étaient devenues d'informations continues : des images de la veille dans la lumière jaunie de l'éclairage urbain ; les vidéos amateur, prises au téléphone ; le carnage ; la fuite, derrière le Bataclan, entre deux salves ; une femme accrochée à un balcon : « S'il vous plaît, s'il vous plaît… je suis enceinte, s'il vous plaît… » L'homme qui avait tourné la vidéo était journaliste, il avait été blessé au bras. Comme lui.

– Alors tu n'y étais pas, fils de pute ?

L'autre ne broncha pas. Il ne marmonnait plus sous son bâillon.

La fille frappa à la porte, trois coups puis deux, comme convenu.

B. coupa la télé, alla voir au judas.

– Entre… Fais voir le sac.

Il prit les courses, fourragea dans le sachet, approuva. Il sortit la boîte de saucisses aux lentilles.

– Très bien. Va préparer ça dans la cuisine.

– Je ne sais pas si je…

– Bien sûr que si. Dans une casserole. Tu verras, c'est très simple.

Il tira une chaise qu'il plaça à cinq mètres du prisonnier, le sac plastique à ses pieds. Le pistolet allait d'une main à l'autre. Il prit dans le sac une boîte de bière, l'ouvrit, un étrange sourire aux lèvres. Il regardait l'assassin.

La première gorgée fit remonter le souvenir des pintes… Il grimaça. Le pack que Layla avait acheté était d'une marque bas de gamme, et la bière était tiède. Il en vida trois lampées, posa la boîte à ses pieds.

– Dégueulasse…

Couché sur le plancher, son assassin le fixait, haineux mais apeuré.

– C'est prêt ? cria B., en direction de la cuisine.

– Une minute, je…

– Sors-nous trois assiettes, Layla ! Et trois verres !

Elle revint deux minutes plus tard, avec la casserole fumante et les couverts sur un plateau.

– Pose ça par terre. Là… entre ton frère et moi. Et mets-toi à côté de lui.

B. fouilla, trouva le cutter dans le sac des courses, arracha l'emballage. Les deux autres le regardaient. Il prenait son temps, se nourrissait de leur peur. Quand la lame crantée sortit, il mima exagérément la nonchalance.

– Alors, voilà ce qui va se passer. Ton frère va nous avouer où il était hier soir, ce qu'il a fait… tout ce qu'il sait. Mais d'abord, on va manger. Et pour ça, Layla, j'ai besoin que tu l'installes plus confortablement, ce fils de pute… Tu le détaches du tuyau. Avec ce cutter… Doucement, très doucement… Ensuite, tu me renvoies le cutter, tu l'aides à s'asseoir, et tu lui retires son bâillon. Mais tu lui laisses les mains et les chevilles liées. D'accord ?

Hochement de tête.

– Tu n'oublies pas que c'est moi qui ai l'arme.

Elle fit ce qu'il disait. L'assassin poussa un cri bref quand elle arracha le scotch de son visage.

– Je… Je lui libère les mains ? Pour qu'il mange ?

Malgré son hésitation, elle parvenait à parler presque calmement, maîtresse d'elle-même.

– Non, c'est toi qui vas le nourrir. Comme un bébé. Agenouille-toi à côté de lui.

Quand elle eut obéi, il se leva, servit trois assiettes pleines, des lentilles et des morceaux de porc. Il déchira l'emballage du jambon, puis émietta les tranches sur les deux assiettes qu'il leur réservait. Il y planta des grandes cuillères.

– Du porc… *halouf*… Je suis sûr que tu as faim, fils de pute.

Il prit sa propre assiette, sans jambon, vint se rasseoir, la posa à ses pieds ; vida la boîte de bière.

– Vas-y, Layla. Donne-lui. Il a faim.

Elle prit l'assiette, en emplit une cuillère, à demi, la présenta devant la bouche de son frère. Il gardait les lèvres serrées.

– Si tu ne manges pas, je vais te faire très mal, dit B. Avant de te tuer.

Elle murmura :

«فضلا، فهو ينتابه الجنون »

L'assassin se tourna vers elle. Il avait les larmes aux yeux. Il grogna :

«بل ساكون انا المجنون اذا اكلت من هو محرم »

– C'est ça, mec… Sûrement… Tu vas aller en enfer. On est tellement nombreux à y être, depuis hier soir.

Au début, l'assassin eut des haut-le-cœur à chaque cuillérée.

Parfois, il marmonnait, entre deux bouchées, des malédictions, en arabe.

Quand il fut venu à bout de son assiette, B. applaudit de façon théâtrale, sortit une deuxième boîte de bière du pack.

– Je suis sûr qu'il a soif, pour faire passer tout ça…

Il jeta la canette à Layla.

Elle l'ouvrit, un flot de mousse gicla.

– Dans le verre. À ma santé…

Elle présenta la bière à son frère, il eut un mouvement de tête, renâcla. B. se leva, fit deux pas vers eux ; instinctivement, la sœur eut un geste pour bloquer la tête de son frère et caresser ses cheveux en même temps.

Elle murmurait, en arabe. Il lui répondait avec une angoisse folle.

Elle réussit à l'apaiser. Il but, par gros à-coups, l'essentiel coulant sur son menton puis sur ses cuisses. Il avait des larmes plein les yeux.

– Très bien. Un grand garçon.

B. revint s'asseoir.

– À toi, maintenant, Layla.

Elle s'assit sur ses talons, saisit la deuxième assiette qui s'était figée dans la graisse. B. prit la sienne. Il porta la cuillère à ses lèvres, dévisagea la fille, l'encouragea des yeux...

Elle mâcha lentement, une cuillère après l'autre. Il voyait le mouvement de la nourriture, dans sa gorge, lorsqu'elle déglutissait avec difficulté. De son côté, il reposa son assiette à moitié entamée, un relent dans la bouche – la conserve était infecte.

Il ouvrit une troisième boîte de mauvaise bière. Layla releva vers lui des yeux suppliants.

– Relax, Layla, c'est pour moi...

Il en vida un tiers, à petites lampées.

– Bien… Nous avons donc appris que le soldat de Dieu était prêt à transgresser la loi d'Allah le miséricordieux, que son nom soit béni, pour sauver sa peau… Maintenant, nous allons voir s'il est prêt à dire la vérité.

Il se leva.

– Layla, déverrouille-moi ton portable.

Son assassin ne le quittait pas des yeux, attentif à chaque geste – avec sur le visage, une colère sacrilège, l'annonce d'un entêtement aussi. Dents serrées, menton haut.

B. prit le smartphone, enclencha la vidéo, braqua la caméra vers l'assassin.

– Moteur…

Layla était retournée du côté de la fenêtre, à quatre mètres de son frère.

– Aveux, première… Où étais-tu, Abdelkrim al-Raqiq, quand les tueurs ont décidé de tuer, hier soir, à la terrasse du C. ?

L'assassin avait verrouillé son regard.

– Je répète ma question : où étais-tu ?

B. posa le portable sur la chaise, ramassa l'arme.

– Tu ne veux pas que Layla le sache ? Ou c'est les flics qui te font peur ?

⏸

– Tu étais où, fils de pute ?!

Il lui asséna un coup de crosse au visage. Sa sœur cria.

Un trait de sang coula sur le front de l'assassin.

Layla fit un pas vers B., il la braqua.

– Bouge pas, toi ! Recule…

Sa main tremblait.

– *Où*, Abdelkrim ? *Où* étais-tu hier soir ?

Layla hésita, encore, puis finalement recula d'un pas. Dans cette retraite, elle eut un geste pour rattraper une mèche qui s'était échappée du voile…

Le rire sauvage monta dans la gorge de B.

Il sourit, revint vers sa chaise.

– Retire ton voile, Layla, dit-il en reprenant le portable.

Elle le regarda sans comprendre.

– Vas-y, je te dis. Retire-le.

Elle hésita, un instant, puis fit glisser le *hijab* gris clair vers l'arrière.

– Dénoue tes cheveux, maintenant.

Une cascade de cheveux, très noirs, aux reflets de henné, dégringola sur ses épaules.

– OK. Déshabille-toi… Complètement…

Cette fois, il braquait la *cam* sur elle.

Sur l'écran, les yeux de la jeune fille disaient – criaient – qu'elle ne pigeait pas. De moins en moins. Non, elle ne comprenait plus rien.

B. se souviendrait de ces yeux perdus, plus tard. Il en aurait honte, mais ce serait trop tard.

Le frère s'était mis à parler, très vite. À son intention. Il l'adjurait, l'implorait. L'insultait-il ? De toute façon, B. ne l'écoutait plus, quoi qu'il dise.

– Dévêts-toi, Layla al-Raqiq, dit-il distinctement.

Voilà : le prénom et le patronyme seraient parfaitement audibles sur la vidéo.

Il la regarda faire.

Laisser tomber le cardigan bleu marine à ses pieds. Puis passer au-dessus de sa tête le pull, retirer le T-shirt qu'elle portait en dessous.

Elle marqua une pause, debout en soutien-gorge jaune, dentelles, et pantalon de jean. Comme un dernier espoir que le jeu s'arrête.

Son frère marmonnait, en arabe, un mantra, une prière peut-être, ou une malédiction, et de plus en plus fort.

– Ta gueule, ou je la tue. Allez, Layla, termine…

Elle dégrafa la brassière de dentelle, dans le dos, puis la fit glisser devant elle. Ses yeux suppliaient même si le visage parvenait à rester assez neutre, impassible.

– À poil.

Elle fit glisser le pantalon, défit les chaussures sans se baisser, d'un mouvement des pieds, retira l'ensemble. Ses yeux ne suppliaient plus quand elle releva la tête. Ils le haïssaient. Ou peut-être, plutôt, le méprisaient-ils.

Elle baissa la culotte de coton, comme chez le médecin, sans langueur ni hésitation. Elle se tenait très droite, regardait loin devant elle, un point fixe sur le mur dans le dos de B.

Il braquait le portable sur elle. Il la vit.

Elle avait une peau brune, de gros seins lourds. Ses hanches étaient épaisses, mais les cuisses étaient fines, comme ses chevilles, ses poignets. Son cou, sa gorge palpitaient. Son ventre respirait vite. La toison de son sexe était d'un noir brillant, jamais épilée ni rasée probablement – B., dans un flash, songea au sexe de Clara, à son « ticket de métro », aux chattes épilées de ses deux premières copines, de toutes les filles qu'il matait dans les pornos.

Il faillit dire une cruauté, « Comment fais-tu quand tu te mets en maillot, Layla ? On voit tes poils ? », ou quelque chose du genre. Mais ça ne sortit pas. Il détourna la tête.

– Très bien. Merci, Layla.

Il retourna s'asseoir.

– Maintenant, fils de pute, tu as le choix.

Il montra le portable.

– Ou bien tu parles, et tu nous racontes à tous les deux où tu étais, hier soir… Ou bien j'envoie ce film à tous les contacts de Layla, et ensuite, j'en tourne plein d'autres.

Son assassin pleurait, prostré.

– Adbelkrim… Je t'ai posé une question. Où étais-tu, hier soir ?

Un sanglot.

– J'étais dans la voiture, avec eux.

– Qui, *eux* ? Des noms.

B. lut une dernière hésitation dans les yeux de son assassin. De la peur. Il tourna le portable vers la sœur, dit :

– Layla… tu voudrais danser pour moi ? Ou jouer avec des objets ?

Alors, l'assassin parla.

Il raconte qu'il était là-bas, qu'il s'excuse. Mais il n'a pas tué, il n'a tué personne. Il le jure. Et sa sœur, elle n'y est pour rien – elle ne savait même pas, s'il vous plaît.

– Tu y allais pour tuer ?

Il y était, oui ; lui, avec ses complices. Oui, il devait tuer, mourir, lui aussi.

– Qui ? Qui sont tes amis ? Des noms ?

Il donne des noms. Les noms des trois qui étaient dans la Seat. Les noms de deux autres qui devaient se faire sauter ce soir-là au Stade. Il dit que ce sont des connaissances, des frères, il les a rencontrés en Belgique, près d'ici – enfin non, pas si près, à Bruxelles, Molenbeek.
Il dit qu'il devait mourir. Tuer et mourir.
Mais qu'il n'a pas tué.

– Pourquoi ?

Il s'excuse. Il dit qu'il a eu peur. Juste au moment de mourir, il a eu peur. Quand il a quitté la Seat, les explosifs autour de ses reins, il a marché, il devait se faire exploser à la terrasse d'un café, lui aussi. Il avait un pistolet, et un fusil d'assaut, et ensuite, il devait se faire exploser.

Au dernier moment il a eu peur, qu'Allah le pardonne.

Pas peur de tuer, non.

Il a eu peur de mourir, qu'un grand trou noir l'attende, après. Il regrette.

Il a abandonné la ceinture dans une poubelle. Il a fui. Erré toute la nuit. Et au petit matin, il a appelé sa sœur, d'une cabine, lui a dit qu'il arrivait.

Il regrette. Elle ne savait rien. Elle n'y est pour rien.

Il a payé le billet avec l'argent qu'il avait gardé dans son jean, alors que théoriquement, ils ne devaient rien porter sur eux, rien.

– Tu regrettes ? Tu regrettes quoi ?

Il pleure. Sur lui-même, sur sa peur, sa honte, sur les frères qui pensent maintenant qu'il les a trahis ; qui vont vouloir le tuer. Sur les flics qui le tueront. Tous, tous, ils veulent le tuer.

Parce qu'il a eu peur. Alors qu'il n'a rien fait.

Il s'excuse, la vérité. Sur le saint Coran.

Pour la vertu de sa sœur, qu'elle lui pardonne. Elle ne savait rien, il le jure.

Il pleure sur lui-même et sur Layla. Elle ne mérite pas ça. Elle ne savait pas.

Il s'excuse, auprès d'elle, Pardonne-moi, pardonne-moi.

Quand il se tait, il a de la bave sur les lèvres, entre les dents.

DEUXIÈME ENTRACTE

LA DANSEUSE, elle s'appelle Marie ; elle a les cheveux tirés en queue-de-cheval, un short rouge sur des collants de laine. Elle a croisé B. sur le quai de Lille-Flandres sans qu'ils se voient. Elle revenait de Roubaix. Avec la troupe, ils y avaient joué la veille et elle rentrait chez elle, bouleversée.

Ils ignoreront toujours qu'ils se sont croisés.

Elle entre dans son appartement montreuillois, en toute proche banlieue, jette sa valise dans le salon, va se servir un verre d'eau dans la cuisine et se laisse tomber sur une chaise, devant la petite table. Rentrer deux jours, se retrouver, se « reprendre » – avant de repartir pour jouer, pour danser, pour continuer ?

Faut-il continuer ?

Ils en ont parlé presque jusqu'au bout de la nuit. Eux, la troupe.

Jouer. Jouer des corps qui se lèvent, se lavent, des corps qui fuient, qui dansent et fêtent, quatre tableaux muets – avant d'enfin parler. Ils sont quatorze, dans la troupe de Marie ; quatorze pour cette tournée. Cinq comédiens sur scène, plus le vidéaste ; le metteur en scène, la chorégraphe, deux régisseurs, quelques complices, les habituels compagnons lumières-son intermittents.

Tous les soirs, ils jouent ce spectacle. Hier soir, ils l'ont joué au moment, à peu près, où les tueurs ont tué. À peu près. Ils l'ignoraient, dans la salle. Ils l'ont appris dans les coulisses, juste après, au moment de revenir s'asseoir sur le bord de la scène pour échanger avec le public – cela fait partie du spectacle, cette idée d'un « partage entre humains après la représentation » à laquelle tient tant le metteur en scène.

Alors ils ont parlé de la tuerie. Jusqu'au bout de la nuit. Avec les spectateurs, puis entre eux. Peut-on encore jouer ? Faut-il continuer ?

Et pour quoi faire ?

CLARA, elle, a appris ce qui est arrivé à Pierre. Et à B., son copain, son amoureux.

Elle sait que B. est blessé ; que B. est parti.

B., son amoureux. Son… amour ? Oui, parfois, elle disait ça. Elle pensait : « Mon amour ». Son seul, son grand amour ? Non, non, en revanche. Elle ne pense pas ainsi…

Elle a appris ce matin ce qui est arrivé.

C'est à elle-même, nue, qu'elle a pensé tout de suite. Presque tout de suite. Nue, belle, irréfutable. « Vraie », comme disait B.

Elle a pensé à ça, c'est une pensée bizarre, presque incongrue en ces circonstances. Mais B. la photographiait nue ;

dans leurs jeux, sur les draps de leur lit ; avec son téléphone, avec son reflex. Nue, vénéneuse, éclairée comme dans un film de Lynch. Belle, dans le soleil, un film de Mallick ; en clair-obscur, un film de Coppola. *Belle*, dans l'œil du téléphone de B., *vraie* dans le regard de B.

C'est pour ça, davantage que pour tout le reste peut-être, qu'elle a aimé B. – ce regard sur elle, joyeux, amoureux. Moral. Il disait : « Tu es belle, donc tu es vraie, morale… Ce sont des catégories esthétiques oubliées. » Il disait : « J'aimerais savoir un jour ce qui est vrai. » « Je cherche… »

Quelqu'un la regardera-t-il de nouveau, un jour, comme ça ?

Dès qu'elle a appris *le drame*, Clara a compris que c'était fini, terminé, entre eux ; à peine ébauché. Si elle est allée à l'hôpital, c'était dans l'espoir vague qu'il soit revenu, mais sans illusions.

Elle voulait récupérer le téléphone de B. Garder les photos pour elle, les rapporter.

Elle n'a rien pu faire, finalement, bien sûr.

Elle ne pouvait pas dire aux flics dans le hall : « le téléphone de B., l'avez-vous retrouvé ? Dans les débris de la terrasse, au milieu des douilles, des corps assassinés, des ruines et des cendres… Vous n'avez pas cherché ? »

Non. Elle ne pouvait pas.

Elle ne pouvait pas non plus attendre le père et la mère de B., les reconnaître, d'après photos, ou d'après ces ressemblances troublantes entre enfants et parents, se présenter, dire :

« Je suis Clara, B. vous a parlé de moi, j'imagine. »

« Oui, moi aussi. Je l'attends. »

« Non, pas plus que vous. Je n'en sais pas davantage. Pourquoi il est parti, où il est, je ne sais pas. Mais donnez-moi son téléphone, quand vous l'aurez, s'il vous plaît… »

Alors elle s'est barrée. Elle a fui, lâchement, quand elle les a vus arriver et traverser le hall.

⏸

Elle est chez elle, maintenant.

Elle a ouvert la porte de son immeuble, a gravi rapidement ses trois étages, a espéré fugacement qu'il l'attende devant sa porte.

Où est-il, en ce moment ?

Elle s'est mise en pantalon de jogging, en sweat à capuche, dans son studio. On pourrait croire qu'elle paresse en l'attendant. Qu'il ne va pas tarder, comme ils l'avaient prévu hier – « J'emmène Pierre à la gare du Nord, et ensuite, je viens chez toi… »

« Où es-tu ? »

« Où es-tu ? »

Elle n'aimait pas beaucoup Pierre, parce qu'il ne l'aimait pas. Elle l'avait dit à B.

Du coup elle venait chez eux quand Pierre n'était pas là, B. plus souvent chez elle. Là, justement, elle pensait qu'ils auraient trois mois rien que pour eux deux, puisque Pierre partait en Angleterre… Trois mois tous les soirs. Peut-être qu'après cela, ils auraient été un couple, peut-être qu'il l'aurait présentée à ses parents ?

Mais maintenant, Pierre est mort, et B. va la quitter.

Est-ce indécent de croire qu'elle est morte, un peu, avec eux tous, hier soir ?

On ne pensera pas à elle, au bilan des victimes. On ne la comptera pas.

Cent trente, plus combien d'espoirs, d'amours défuntes ?

« Toi aussi, tu sais que c'est fini ? Tu sais ? »

Clara le sait.

Leur amour n'était pas prêt pour ça, ce *drame*, tout simplement. Pas préparé.

Cet amour, il ne voulait pas être « à la vie, à la mort » – juste à la vie. C'était un amour léger, insouciant, fait pour le bonheur, le soleil, l'incertain... Pas le grave. Il y en a plein, des amours comme ça. Doués pour le bonheur, les rires, l'oubli. La désinvolture.

Est-ce que c'est mal ? Ils ne valent rien, ces amours-là ?

Elle sourit. Elle repense à B. et elle.

« C'est vrai parce que tu es belle, disait-il. Des fois, tu me fais croire qu'il existe un ailleurs. Autre chose. De plus beau. »

Il la photographiait, la filmait. Il capturait ça.

(II)

Aurait-il fallu qu'ils s'aiment plus fort que la mort ? Plus fort que les autres haïssent, avec la même folie, la même intolérance ?

Si puissamment qu'ils auraient pu aller jusqu'à mourir pour ça ?

Elle se demande ces choses-là en tripotant son téléphone, en espérant encore, malgré tout, qu'il l'appelle.

Des gens l'appellent. Des amis. Des proches, des lointains. Messages sur FB, mails, SMS.

Mais pas B.

Elle s'assoit sur le lit. Leur lit, en un sens. Elle a un sourire triste, regarde ses ongles peints qui jouent sur l'écran du portable. B. n'aimait pas ça, les ongles peints, il n'aimait pas cette touche de couleur carmin sur ses photos. Il le lui avait dit.

Ça y est, elle le conjugue au passé. Elle aimerait tout de même un appel, un message, ce midi – des nouvelles de B.

ACTE III

B. posa le téléphone qui avait filmé la confession et se leva.

– OK. Et ceux que tu as vus mourir ? Ils méritent quoi, eux ? Tes excuses ?

À un mètre de lui, il cracha en direction de l'assassin – ou, disons, du lâche. Le lâche sanglotait, le visage baissé.

– Tu n'apitoies personne. Fils de pute. Layla, re-bâillonne-le et attache-le au tuyau.

Toujours nue, elle ramassa le scotch sur le parquet, se pencha sur son frère, les seins pendant sous elle dans ce mouvement comme ses cheveux dénoués. Elle déchira un morceau de scotch, lui redressa la tête dans un geste sec.

Il eut un haut-le-cœur, vomit sur le parquet de la bile et des lentilles. Elle l'essuya avec un kleenex, le laissa retomber.

– Si je le bâillonne et qu'il vomit, il va s'étouffer, constata-t-elle en se tournant vers B.

– Qu'il crève.

Elle l'essuya de nouveau, soigneusement, puis lui scotcha la bouche. Ensuite, elle s'écarta, comme B. le lui ordonnait.

Il traîna le corps secoué de sanglots, et de spasmes, jusqu'au radiateur. En attachant les poignets et les chevilles au tuyau du chauffage central, il s'aperçut que le métal était brûlant, cette fois. Il s'en foutait. À cet instant, le lâche n'était plus qu'une chose nuisible. Quelque chose de trop méprisable pour être haï, de trop…

« Misérable. »

B. le dit :

– Le misérable…

Il envoya un coup de poing dans le mur, une fois, deux fois, dix fois.

Il regarda la souillure rouge sur le mur.

Puis il regarda son poing, étonné. Son sang sur les phalanges. À vif. À nu. Il ne sentait rien. Aucune douleur. Plus de nerfs.

Il essuya le sang sur son jean, remonta son poing devant ses yeux, hésita.

« Pierre est mort, et toi tu es vivant. » Il dut le formuler pour en prendre conscience, étonné de savoir qu'il avait un corps, encore ; corps de peau qui s'écorche, de sang, d'os blanchis, de cartilage. Écorchable. Bon à saigner.

S'il avait dû tuer l'autre de sang froid, au final ç'aurait été à cet instant. Le tuer, sans cruauté, sans raffinement, sans procès à instruire, sans même le sentiment d'avoir réglé un compte ; sans y attacher la moindre importance.

Quelque chose remonta dans son ventre, sa gorge. Le début d'une nausée.

« Tu vas vomir… » Il dut presque se le dire pour le comprendre.

●

Il courut vers la salle de bains, essaya de dégueuler au-dessus de la cuvette. En pure perte.

Il ouvrit le robinet, plongea la tête sous l'eau. Sur sa nuque brûlante, le laminoir. Comme un bloc d'acier blanchi, fumant, dur, incandescent. Il retourna son visage sous l'eau. Elle coula sur ses yeux, son nez, sa bouche.

Il vit le monde à travers, flou.

Se noyer. De l'air.

Suffoquer jusqu'à se sentir respirer, douloureusement. Vivre.

Il inspira encore, crut qu'il allait tousser, dégagea son visage, voulut boire.

Et il vomit, enfin, tout ce qu'il y avait à vomir depuis hier ; tout ce qui était resté dans sa gorge.

Quand il releva les yeux, il dut prendre du temps pour le reconnaître, l'inconnu livide qui lui ressemblait. Il avait les cheveux trempés, les yeux brillants. Il portait le blouson encore taché de sang – bruni, durci – qu'il n'avait pas quitté depuis la veille.

Il le retira, éprouva dans ce geste une douleur, dans tout le bras gauche. Faillit tourner de l'œil.

Voilà. De nouveau, il ressemblait à ce qu'il était : un gamin trop maigre, écorché, pris dans un truc trop grand. Son poing le brûlait, le sang palpitait aux écorchures. Il remit sa main sous l'eau froide, ouvrit l'armoire à pharmacie vissée au-dessus du lavabo, trouva une bouteille d'« alcool modifié », en versa sur ses phalanges. Ça brûlait, à hurler… *Merde.* Il sentait la terre chavirer autour de lui, ferma les yeux, s'accrocha au lavabo.

Ensuite, il arracha les pansements que l'infirmière avait posé, cette nuit, sur ses paumes. Une grimace. Il versa de l'alcool, les frotta l'une contre l'autre.

Une plaie à vif.

Il était ça, une plaie à vif.

La douleur du bras gauche remontait dans l'épaule, par les nerfs, irradiait, s'étoilait.

Il trouva des antalgiques dans la pharmacie, avala trois comprimés, but à la coulée. Il regarda autour de lui pour essayer de reprendre pied, de faire le point.

La salle de bains, peinte en vert anis. La peinture, sans doute au plomb, s'écaillait sur le tuyau du chauffe-eau, un vieux modèle à gaz, mais la pièce était saine pour le reste, féminine, personnelle. Il y avait, posés sur une tablette de pin, quelques accessoires de maquillage ; des serviettes hygiéniques sous l'évier.

Il vit des vêtements par terre, ceux que le tueur avait dû laisser en se déshabillant, avant sa douche.

Il se pencha de nouveau sur le lavabo, but, avidement, pour passer le goût de métal que les comprimés et le vomi avaient laissé dans sa bouche.

Ensuite, il fit un pansement sur ses phalanges blessées.

Quand il revint dans la pièce, longtemps, longtemps après, il alla tête baissée à la table basse, prit une cigarette, dut s'y reprendre à trois fois pour allumer le briquet.

Il tira une bouffée, longuement.

– Je peux me rhabiller, maintenant, Monsieur ?

Elle était dans un coin aveugle de la pièce, un peu fléchie sur ses cuisses, un bras croisé devant sa poitrine, l'autre devant son sexe.

– Bien sûr… Bien sûr, Layla… Rhabille-toi. Et va t'allonger sur ton lit, ensuite.

En hâte, elle rassembla ses vêtements, les colla contre son corps, puis, courbée en deux, elle courut vers sa chambre.

B. se sentit merdeux.

Il cligna plusieurs fois des yeux – *faire le point* –, prit le pistolet qu'il avait oublié sur la chaise ; nota seulement alors qu'elle aurait pu s'en emparer pendant son absence. Il le glissa dans sa ceinture. C'était un objet lourd, froid, étranger. Étranger comme il se sentait à lui-même, et à la scène, soudain.

Qu'est-ce qu'il foutait là ?

Il reprit la cigarette, tira trois ou quatre bouffées, l'écrasa machinalement dans le cendrier. Il hésita un instant à en allumer une autre, le fit.

Le tabac avait un parfum chaud, qui ne chassait pas le goût de vomi.

Il alluma la télévision, tourna quelques instants dans la pièce, ahuri, éteignit le poste pour finir – prit le téléphone de Layla, hésita une seconde. Non. Après… Pas maintenant.

Il toqua à la chambre de Layla.

– Oui.

Elle était allongée sur le couvre-lit blanc. Elle avait passé un pull col roulé noir sur son jean, et elle était en chaussettes. Adossée, deux coussins derrière elle, à la tête de lit, les genoux remontés, les deux mains posées à plat, elle n'avait pas remis le *hijab*. Ses cheveux faisaient autour d'elle une sorte de crinière.

– Je suis désolé, Layla, je vais devoir t'attacher.

Dans les yeux de la fille, il y eut de la perplexité, peut-être à cause de l'excuse qu'il formulait – qu'allait-il se passer, maintenant?

Il ne savait pas.

Elle ne semblait plus avoir peur, mais il se souvenait de l'horreur qu'il avait reconnue deux fois sur ses traits – quand il l'avait forcée à se désaper, et quand son frère avait avoué…

Tu es avec lui, Layla ? Dans son camp ?

– Lève les bras, le long des barreaux de ton lit.

Les yeux clairs demandèrent : « Combien de temps tu comptes rester ? Pour nous faire quoi ? »

– Je reviens.

Il enroula plusieurs fois le scotch autour de chaque poignet, pour les lier à deux barreaux de la tête de lit. Elle frémit quand il toucha sa peau, ferma les paupières.

– Ça va ?

Elle hocha la tête.

– Il faut que je dorme un peu… Il faudrait que nous dormions, tous. On y verra plus clair ensuite.

– Je… Je suis désolée.

– De quoi ?

– Pour mon frère. Et le vôtre. Je ne savais pas qu'il était…

– Je sais. On va tous dormir. Ensuite, on verra ce qu'il faut… ce que je ferai. D'accord ?

Elle hocha la tête de nouveau. Ses lèvres tremblaient. Ses yeux marron, candides, sous ses cils trop longs, ressemblaient à ceux d'une fillette bouleversée par un chagrin d'enfant.

– Tu vas pouvoir dormir, comme ça ?

Il crut qu'elle allait fondre en sanglots. Pour regarder ailleurs, il entreprit d'assurer les entraves de scotch, aux deux bras.

– J'aurais besoin de ton code pin, aussi. Ne joue pas à la conne, hein… Et tout ira bien.

Elle évitait son regard, elle aussi, il s'en rendit compte lorsque sa voix revint, tremblée :

– Je vous prie de… Je suis vraiment désolée, monsieur.

– Benjamin. Je m'appelle Benjamin. Et toi, tu n'y es pour rien.

Il reparut dans le salon, jeta un regard las sur l'assassin, nu, garrotté de scotch orange et étendu le long du tuyau, contre le mur, dans cette pièce de cet appartement de cette ville qu'il ne connaissait pas. La cigarette qu'il avait allumée avant d'aller voir Layla s'était consumée dans le cendrier. L'écran de télévision était gris, inerte.

Les assiettes vides, dispersées sur le parquet. Les cuillères inutiles. Le *hijab* gris perle de Layla, tombé dans sa fuite. Les boîtes de bière, ouvertes. La table avec ses deux chaises, l'abat-jour à côté du canapé couvert d'un kilim blanc, les deux photos aux murs : une montagne enneigée, au Japon – il lui semblait reconnaître la forêt de Atsuta-ku – et le Dôme du Rocher.

Pierre…

Que penserait-il, lui, de la pièce qui venait de se jouer ? Qu'aurait-il pensé, plutôt ?

Tandis que l'esprit de Benjamin s'abandonnait à la stupeur, au doute, à la déréliction – ou à la honte –, tandis que cet esprit ne savait plus, errait, cherchait son chemin dans la nuit, il retourna à la salle de bains, mit plus de cinq minutes à ôter son pull et son T-shirt. La douleur lui fit monter les larmes aux yeux. Il jura.

Après avoir repris son souffle, il entra dans la cabine de douche, laissa l'eau couler longtemps sur ses cheveux et ses yeux. De nouveau, dans sa maigreur, ses épaules pas encore épanouies, ses mouvements prudents pour ne pas glisser, il ressemblait à un gamin malingre.

À un moment, il entendit le brûleur du chauffe-eau se réenclencher, et peut-être songea-t-il aux immenses richesses que représentent les gisements d'hydrocarbure dans la péninsule arabo-persique. Mais c'est très peu probable. Il n'avait sûrement pas la tête à cela.

Quand il sortit, il se sécha, vigoureusement, puis plus lentement parce que sa brusquerie avait provoqué des élancements dans tout le bras, depuis l'épaule. Il défit le pansement trempé sur son biceps. La plaie était laide : il avait peu saigné, mais les fils de suture noirs étaient cerclés d'une large zone brûlante, dure au toucher. Comme il l'avait fait sur ses phalanges, il versa de l'alcool, le reste de la bouteille, faillit hurler, tamponna avec des compresses – il essaya d'en fixer trois, superposées, avec du sparadrap.

Est-ce que ça suffirait à nettoyer ?

Tout à l'heure, c'était la douleur de l'alcool qui l'avait réveillé, sorti de sa folie.

Était-il devenu fou, tout à l'heure ? Et maintenant, en avait-il fini ?

Il enroula une bande autour du bras, la serra, presque comme un garrot, ce qui le fit grimacer puis le soulagea. La douleur revenait. Les soins avaient tout à fait éludé le sentiment de renaissance éprouvé sous l'eau chaude. Il devait voir un médecin.

Mais d'abord…

Il hésita, longuement, toujours nu sur le carrelage, devant le sac de courses de Layla. Finalement, il renonça à emprunter les vêtements qu'elle avait achetés pour son frère et enfila les siens, ceux de la veille. Il jeta seulement son T-shirt raide de sueur et de sang dans le coin de la salle d'eau, sur les vêtements sales du tueur ; il passa le pull à même la peau. Il y avait un trou, une déchirure, là où la balle avait éraflé le biceps – comme on frôle la mort ou la folie.

Il revint dans le salon, s'allongea sur le canapé. D'ici, il ne voyait pas l'assassin scotché à son tuyau, qui remuait parfois, comme il pouvait. Qu'il se brûle, le tueur. Qu'il crame en enfer.

Il contempla le téléphone, le déverrouilla, hésita. Un tour d'abord sur Facebook. Il lut un avis de recherche, à son nom, publié sur sa page. Des messages. Des gens s'inquiétaient, ses amis, Clara.

Tout le monde savait déjà, pour Pierre. Il pensa à ses amis, leurs noms, leurs visages. À Clara.

Ça n'avait pas le moindre sens.

Il composa le numéro de son père, laissa sonner deux fois, coupa la communication, rappela aussitôt. Il tomba sur la messagerie et laissa un message vocal :

– Papa, c'est Ben… Je vais bien. Ne te fais pas de souci. J'ai dû partir, parce que Pierre est mort. Je vais revenir. Je ne sais pas quand. J'ai… J'ai besoin d'être seul. Ne cherche pas à me joindre. Embrasse maman.

Ensuite, il regarda le smartphone.

Ouvrit le dernier fichier vidéo enregistré.

Les images : l'assassin nu, assis par terre, les mains liées dans le dos, chair olivâtre, verdie comme le semble toujours la peau nue, à la lumière artificielle... La bande-son : la voix de B. hors champ, sa colère, sarcastique, cette agressivité...

L'image cesse de trembler, elle est fixe, au plafond. On entend le coup, puis le cri de Layla. Et lui, qui vocifère.

La caméra opère un panoramique tremblé et se tourne vers elle. B. décline l'identité de Layla, sa voix est métallique. Il lui donne l'ordre.

La surprise dans les yeux de la jeune femme est lisible. La stupeur. La peur.

L'image tremble.

La jeune femme se dévêt.

La voix de B. hors champ, sardonique.

L'assassin, hors champ, crie en arabe puis en français, supplie en français, psalmodie en arabe. L'image tremble toujours.

Un zoom.

Benjamin voit que B. a zoomé sur elle. Sur son corps, son ventre, ses seins lourds qui se soulevaient en frémissant, sur sa toison noire, frisée, ses cuisses nues, sur son visage – son visage impassible, à deux doigts de fondre en larmes.

Ça ressemble à de la pornographie, Layla. C'est de la pornographie. *Pornê*, pute. *Pernênaï*, femme-marchandise. Vieux souvenirs de première année de fac, les cours de Pichon sur le *porn* et le cinéma érotique...

Il a déjà regardé des images comme celles-là. Il s'est déjà branlé sur des images comme celles-là.

En une fraction, une révélation (un dévoilement), il se dit que l'essence de la pornographie, c'est ça : le spectacle de la violence. La *soumission*. Qu'on puisse lui infliger tout ce qu'on a en tête, à la fille. Qu'elle se soumette, qu'elle soit profanée. Impuissante.

Benjamin a honte. « *Voile,* porn*: les deux mâchoires de la même tenaille.* » Pierre avait sorti ça à une soirée, en janvier, pour clouer le bec à un crétin. Tout le monde l'avait charrié…

Il a envie de pleurer. Il pleure.

La vidéo tourne toujours sur le portable, l'assassin s'agite contre le tuyau – il entend la bande-son de cette pornographie, puis de sa confession.

Séance de torture. Dernière séance. Répétée, ruminée.

⏸

Ensuite, peut-être abruti par les images, la morphine, par les trois comprimés d'antalgiques mélangés à la bière, par la nuit sans sommeil, le deuil, l'immense effroi, la surprise, la peur, par la séance, le dégoût et la rage de lui-même, peut-être perdu, vidé d'adrénaline, ou simplement assommé de chimie, Benjamin s'endort.

TROISIÈME ENTRACTE

ET DONC, PIERRE ? PIERRE, QUE BENJAMIN INVOQUAIT À L'INSTANT ? Pierre, au fond, qu'en dit-il, tandis que son frère s'endort ?

Pierre est allongé sur un chariot métallique, nu sous un drap, le visage découvert et étonnamment paisible, dans la morgue plongée dans la pénombre. Il attend son père d'une minute à l'autre pour l'identification. Son frère, son père… C'est une affaire d'hommes, dans cette famille, la mort. L'étudiant en sociologie devrait avoir un avis là-dessus.

Il est mort. Une veilleuse l'éclaire.

Sur tout cela, à cet instant, Pierre est-il lucide ? Qu'en pense-t-il, puisqu'il ne dira plus rien, lui qui parlait tant ?

Sur tout le reste, il était parfaitement lucide, et clair – davantage que son frère – avant la nuit dernière.

Sur Max et Janusz, par exemple, sur Ida et Dounia, qu'il ne connaissait pas.

Il est probable qu'ils en aient parlé, avec Benjamin, en buvant leur bière, vers 21 h 10, à la terrasse du C., vu que les élections régionales approchaient et que c'était la première fois que Ben comptait aller voter. Probable qu'ils aient parlé des risques de voir le FN prendre une région ; des discours des autres, qui n'étaient plus audibles, novlangue ; de cette caste intouchable qui arbitre le pertinent et le faux, le beau et le laid, le moderne et le caduque… De la colère contre cette élite dans les classes populaires, ressentiment, conscience d'une trahison ou peur d'un déclassement, vertige du vide – haine mêlée d'envie ?

Sûrement, ils en ont parlé, oui ; quelques minutes avant les tirs.

Pierre a dit qu'on méprisait le peuple en l'excusant de voter facho. Qu'il n'était pas plus con qu'un autre, le peuple, et n'avait pas d'excuses pour se commettre ainsi ; se laisser abuser. Malgré toutes les trahisons encaissées en trente ans…

« – Des explications, il en a. Mais pas d'excuses… »

« – Comme ces autres petits cons, a-t-il dit, qui partent faire le *jihad*. Ils n'ont pas d'excuses, il ne faut pas leur en trouver. C'est pas parce qu'on te baise que tu dois baiser l'autre. Haïr l'autre. Tuer l'autre et jouir de ce pouvoir… »

Puis, Pierre est mort sous les balles des petits cons.

(II)

Il n'est plus. Ou bien si ?

Est-il mort pour toujours, ou déjà en train de frapper à la porte du ciel ?

Foutu débat. Compliqué, intranchable.

Pour Pierre, la réponse compte sacrément à cette heure, on s'en doute. Mais pour ceux qui l'ont perdu, pour Benjamin, son père, sa mère, pour les vivants, ceux qui restent en bas, ça ne fait aucune différence. Presque aucune.

Qu'ils y croient ou n'y croient pas, ils l'ont perdu.

S'il n'était pas mort, peut-être aurait-il pu parler, cette nuit, avec Ninon.

La rejoindre sur la place de la République, lui qui n'avait pas voulu y défiler, le 11 janvier. Que lui aurait-il dit, ce soir ?

Qu'il faut tenir ? Qu'elle doit tenir ?

Que si elle tient vraiment à la vie libre, indomptable, si elle y tient autant qu'elle le dit, elle doit être prête à en mourir ? Prendre ce risque – infime, statistiquement. Endosser du moins l'idée que la liberté coûte, qu'elle vaut qu'on joue sa peau dans un pays le plus libre possible, et moins sûr, de ce fait…

Ce sont des mots, ça ; des mots essentiels, mais des mots ; dont on se paie.

Parce qu'au fond, on est intransigeant sur tout, les libertés, les droits, jusqu'à ce qu'on ait peur. Et à ce moment-là, on devient quoi… lâche ? accommodant ? prêt aux pires veuleries ? À des états d'urgence ? des complicités ?

Certainement, s'il n'était pas mort, Pierre aurait posé sa main sur l'épaule de Ninon. Il aurait certainement dit : « Petite sœur, il faut qu'on tienne ».

On frappe. Qui a l'idée dingue de frapper à la porte coupe-feu d'une morgue ? Qui espère une réponse ?

UN HOMME ENTRE. GRAND, LARGE D'ÉPAULES. CHANCELANT. On dirait qu'il est soûl, ou qu'il va tomber sur ses genoux. Pierre le reconnaîtrait rien qu'à sa silhouette à contre-lumière. Il s'appelle Laurent, c'est le père de Pierre et Benjamin. Il est arrivé à l'hôpital, prévenu par les urgences ou par les forces de l'ordre (par Dieu sait qui, sauf son fils). Qu'importe.

Il ne sait pas encore où est son fils cadet ; il l'a cherché longtemps dans les couloirs des urgences. Il n'a pas encore connaissance du message de Benjamin – ça vibre à l'instant, dans sa poche mais il ne va pas sortir son mobile, là, maintenant, devant Pierre.

Il regarde son fils mort. Étendu sur la table.

Que pense-t-il ? Que Pierre a été enlevé au pire moment, quand tout était prêt, l'élan donné ?

Il croyait que c'était le matin, encore, le jour naissant…

Un matin. Été 1990.

Un matin d'une chaleur épaisse, comme l'est l'été corse, début août, touffeur moite. Déjà, l'air vibre dans les cris du lever. Laurent n'est pas encore le père de Pierre, et de Benjamin ; il regarde le corps nu d'une fille, jolie fille, allongée sur des draps, dans la pénombre striée par les persiennes. Il n'est pas aussi impressionnant – colosse presque à genoux – qu'il le sera ce soir à la morgue. Il est mince encore, les épaules déjà larges.

Elle, c'est sa compagne. Ils viennent de faire l'amour, et sur le lit, là, étendue sur le flanc, elle le regarde. La sueur satine sa peau, ses yeux brillent – elle rosit, comme toujours quand il la bouffe des yeux, regard fixé sur elle, dévorant son nombril, ses hanches, son sexe blond (même aujourd'hui encore, vingt-cinq ans après, elle en est gênée parfois, bien que leurs corps soient devenus si lourds, pesants, moins impatients).

À cette minute-là, cet instant d'août 1990, Saddam est au Koweit, et eux dans cet hôtel qu'ils se sont offert – premières vacances à deux, au soleil de Corse. Ils ont bossé toute leur année d'étudiants et tout le mois de juillet pour se les payer. Au soleil. Loin du gris.

Ils s'aiment depuis trois ans et c'est la première fois qu'ils peuvent s'accorder ce luxe.

Laurent vient de boire dans la salle de bains, au robinet, comme à une source – comme Benjamin tout à l'heure, mais pour d'autres raisons. Il rapporte à sa blonde une bouteille d'eau, ils ont soif, de l'été, de s'être aimés et de vouloir recommencer, ce matin ; ils rient.

Elle roule sur le lit, s'adosse à l'oreiller en ramenant ses genoux sur elle. Comme Layla adossée à la tête de lit.

Sauf que c'est un lit double, ouvert, aux draps défaits.

Sauf qu'elle est nue, confiante, la compagne de Laurent. Rieuse et inassouvie.

Sauf qu'entre eux, il y a cette envie de rire, incrédule, cette gratitude devant la surprise, l'imprévu, le neuf. Pas de peur. Pas de honte.

Hier soir, elle a pissé sur un test de grossesse, parce qu'elle n'avait plus ses règles depuis deux mois ; elle a su, Laurent aussi. Ils ont regardé ensemble apparaître le sigle bleu. Et c'était incroyable, imprévu, et tant pis, tant mieux, c'était joyeux, cette vie inattendue, trop tôt – tant pis ; alors ils ont fait l'amour, et ils vont recommencer, ce matin ; et pendant les deux semaines et demi qu'il leur reste ; c'est la meilleure décision.

Il va arrêter ses études ; il devra travailler, pour qu'elle puisse continuer de couver cette surprise, reprendre ensuite ses études – sa maîtrise puis sa thèse, comme ils l'ont prévu cette nuit.

Pense-t-il à *tout ça*, Laurent, devant le corps inerte, sans l'étincelle, de son fils ?

Aux aubes de persiennes, de draps défaits ?

À l'autre nuit ?

ACTE IV

Benjamin s'éveilla en sursaut. Il y avait eu un bruit dans l'appartement. L'éclairage d'un réverbère dans la rue de Dunkerque jaunissait un peu la nuit.

Quelle heure était-il ? Dans le salon sans rideaux, le *timecode* digital déréglé de la télévision clignotait, bloqué sur 00.00. En essayant d'attraper le portable de Layla, Benjamin fit un geste qui lui arracha un cri bref. Il s'assit comme il put, avec précaution.

Il éprouvait dans le bras gauche une douleur encore plus vive que neuf heures plus tôt (il était 2 heures du matin, même s'il l'ignorait). Les articulations de son coude et de son épaule étaient dures, engourdies.

Le dos de sa main droite palpitait, une autre douleur, différente, plus superficielle – comme une brûlure de cigarette. Il manipula le téléphone de Layla al-Raqiq, arracha le pansement qu'il avait confectionné : le sang avait séché en croûtes mais tous ses doigts bougeaient. Il ne pouvait, en revanche, pas toucher le bras gauche.

Il déverrouilla le portable – 2 heures, effectivement –, se gratta les cheveux.

Le rétro-éclairage durcissait ses traits.

Il avait dormi d'une traite. Il n'avait pas oublié, fût-ce un instant ou dans les songes, l'endroit où il se trouvait. Ni les raisons qui l'avaient amené là.

D'où venait ce bruit qui l'avait réveillé ?

Sans allumer, il prit le pistolet d'Abdelkrim al-Raqiq sous le coussin du canapé, fit trois pas dans le salon, l'arme dans une main, le portable-torche dans l'autre. Dans le faisceau, il saisit brièvement la chaise d'où il avait filmé la séance ; les assiettes vides par terre ; le prisonnier toujours scotché à son tuyau, silhouette plus claire parce qu'elle était nue et en semblait livide.

Le prisonnier bougea. Il gémissait.

Quand Benjamin s'approcha, il s'immobilisa.

Benjamin éclaira son visage avec le téléphone : les yeux étaient exorbités au-dessus du bâillon. En s'écartant, il vit que l'assassin était couché dans une flaque d'urine. C'était sans doute ça qui l'avait fait remuer, et gémir.

Il alla lui-même pisser dans la salle d'eau, sans allumer la lumière. Les ténèbres lui faisaient du bien. En quittant la pièce, il s'arrêta un instant devant la chambre de Layla, tendit l'oreille. Silence. Il revint dans le salon, s'assit sur la chaise, regarda encore la silhouette de l'assassin, nu, allongé dans son urine, sans éclairer son visage aux yeux fous.

– Je fais quoi de toi, moi ? dit-il. Je fais quoi ?

– Qu'est-ce qu'on va faire de toi ? Qu'est-ce qu'on peut faire, puisque tu existes ? On ne peut plus faire comme si tu n'existais pas, hein ?

Il n'éprouvait plus ce calme irréel – cette camisole dans laquelle il avait passé presque une journée. Que lui était-il arrivé, la veille, jusqu'à cet instant précis où il avait démoli le mur à coups de poing ?

– Je vais faire quoi, de toi ? Te réduire à ce que tu es, te laisser mariner dans ton sang et ta pisse, et puis te livrer aux flics, comme un chien ?

Un temps.

– J'ai torturé ta sœur. Profané sa pudeur. Toi, je t'ai torturé, et tu me… tu me *défigures*. Si tu n'avais pas fait ça à Pierre, j'aurais figure humaine, encore. Mais là… je l'ai perdue… Regarde… Regarde !

Il fit un geste large pour montrer les assiettes grasses, au sol, les boîtes de bière renversées, le foulard que Layla avait laissé derrière elle dans sa fuite.

– Cette bouffe, ce corps nu, cette pisse… comme à Abou-Ghraïb. C'est ça que tu voulais ? Que je devienne comme ça ? C'est ça ?

Un temps.

– C'était ça, le plan d'ensemble ? Le plan de tes chefs ? Tu voulais me défigurer ? Me rendre semblable à toi ?

⏸

– Ça a failli marcher, le tueur. Je t'ai appelé fils de pute, sans égard pour ta mère qui est celle de Layla. J'ai maudit ta mère, pour maudire son engeance. Je t'ai appelé l'Arabe… J'ai ri en voyant ta bite à l'air. J'ai ri en voyant les seins de ta sœur se balancer. Je suis devenu un porc, un *halouf*, moi aussi… C'était ça, le but ? Ça a failli marcher. J'ai failli faire comme toi.

Il regarda l'arme, dans sa main droite, fit monter une munition.

– Qu'est-ce qu'on se ressemble, finalement. Comme je te ressemble…

Le tueur se figea au claquement métallique, dans leur obscurité. Le tueur, l'assassin, l'Arabe. À ce moment, à ce moment précis, Benjamin ne savait plus qui était l'ennemi. Ni ce qui le soulagerait – d'en finir avec l'autre ou avec lui-même.

– Je fais quoi de toi, Abdelkrim al-Raqiq ?

⏸

L'assassin recommença à s'agiter quand Benjamin posa l'arme.

Benjamin froissa le *hijab* gris perle que Layla avait oublié, le mit dans sa poche, ramassa les assiettes sales, les cuillères. L'assassin grommela sous son bâillon. Benjamin ne lui accorda pas un regard. Il alla à la cuisine, but au robinet, la tête penchée, puis essaya de faire la vaisselle d'une seule main. Il ne pouvait pas bouger le bras gauche sans que la douleur dans le biceps, jusqu'au coude, soit intolérable.

Les reliefs de nourriture, figés, lui soulevèrent le cœur.

Il renonça, revint dans le salon rassembler les boîtes de bière vides, l'emballage du cutter, dans le sac plastique. Il jeta le tout dans la poubelle de la cuisine, ouvrit les placards, mangea avidement plusieurs biscottes.

Il avait faim.

Il alluma le transistor, une chaîne d'informations continues.

L'enquête progressait : le journaliste indiqua deux noms, parmi les trois qu'avait cités son assassin.

Le journaliste les appelait « les djihadistes », « l'équipe des terrasses ». Le journaliste affirmait qu'ils étaient trois.

Benjamin entreprit de faire du café d'une seule main. Il en prépara plus qu'il n'en boirait. Devant la glace accrochée au dessus de l'évier, il ferma les yeux, inspira, les rouvrit.

– Tu es Benjamin. Tu n'es pas mort. Pierre est mort, mais pas toi.

Puis :

– Ce n'est pas ton assassin. C'est Pierre qu'il a tué.

Puis :

– Elle, elle n'a rien fait.

Il ne cillait pas, comme un enfant sérieux.

Il frappa, entra dans la chambre sans attendre de réponse, sut qu'elle était réveillée – devina-t-il ses yeux qui brillaient dans le noir ?

Il alluma la lampe posée sur la console.

Il eut le sentiment que Layla n'avait pas fermé l'œil une minute. Les deux mains liées aux barreaux de son lit par le scotch orange-Guantanamo, la chevelure défaite en auréole noire, les yeux clairs, elle le regardait. La lumière sous l'abat-jour, éclairant le visage de cette fille en pull, sur ce couvre-lit, dans cette chambre, renvoyait à quelque chose d'intime. Mais pas sa pose – les bras ligotés comme sur un chevalet de torture… Ça, ça évoquait d'autres ambiances, dont Benjamin n'avait pas eu conscience au moment de l'attacher : séquences de torture, ou de pornographie, ou de jeux SM, dans des films de genre, dans des *gameplays*, dans des *mummy porns* pour jeunes filles…

Il secoua la tête pour chasser ces réminiscences.

– J'ai fait du café. Je vais te libérer. Ton frère s'est pissé dessus, il a besoin que tu le laves.

Elle se frotta les poignets quand il la détacha.

– Je suis désolé, ajouta-t-il, sans savoir s'il s'excusait du petit rituel SM, ou qu'elle doive aller nettoyer la pisse, qu'elle paie pour toute cette merde.

Elle ne répondit pas. Son visage était dur, fermé.

Il la suivit dans le salon.

⏸

Elle alluma en grand, au plafonnier, alla à son frère, s'agenouilla, murmura quelques mots en arabe. Abdelkrim lui répondit, derrière le bâillon. Les doigts de la sœur frôlèrent la pommette tuméfiée du frère.

– Je dois nettoyer ça. Il faut que j'aille chercher mes affaires. Tu le détaches ?

Elle quitta la pièce.

Benjamin eut l'intuition d'une inversion des rapports entre eux – comme si c'était lui qui avait peur d'elle, désormais, ou de lui-même – avant de comprendre : pour la première fois, elle l'avait tutoyé. Sa voix était dure, elle aussi.

Il chercha le cutter dans le salon, ne le trouva pas, se souvint qu'il l'avait rapporté dans la cuisine. En s'y rendant, il constata que la salle de bains était vide, entendit du bruit dans la chambre de Layla.

La méfiance, comme un coup de griffe.

Qu'est-ce qu'elle foutait là-bas ?

– La pharmacie est dans la salle de bains, dit-il en entrant dans la chambre.

Elle fouillait dans une sacoche au pied de son armoire. Il s'approcha, soupçonneux.

– Ce sont mes affaires professionnelles…, répondit-elle, agacée. Je suis infirmière.

– Je suppose qu'il ne peut pas prendre une douche ?
– Non.
– Alors apporte moi des serviettes, du savon, de l'eau chaude, s'il te plaît. Et ensuite, quand je me serai occupée de lui, on regardera ton bras.

Quand Benjamin la rejoignit avec la bassine, elle examinait son frère sans lui parler.

– Je dois lui soigner le visage, dit-elle en se retournant. Il faudrait aussi que tu lui détaches les mains et les pieds.

Elle s'était exprimée sans émotion apparente, mais sans demander la permission – comme une professionnelle énonçant les conditions d'un soin. Une rescapée ? Il la bouscula un peu, trancha au cutter les entraves du prisonnier. Le tuyau était encore brûlant. Le plastique qui garrottait les mains et les pieds avait fondu et s'était étiré, labile.

Il assit l'assassin, s'écarta, le temps qu'elle désinfecte la plaie du front, une longue estafilade dont le sang avait croûté. Elle lui inclina ensuite le visage, pour verser un collyre dans l'œil au-dessus de la joue qui avait pris le coup de crosse.

– Il faudrait lui retirer le bâillon, pour le faire manger et boire…

Il opina. Elle tira sur le scotch, qui dut arracher encore quelques cheveux car l'assassin poussa un cri. Il avala goulûment de l'air, par la bouche, bava un peu.

– Crache, dit sa sœur.

Il le fit.

– Je vais lui chercher du café et des biscottes, ajouta Benjamin.

Il avait laissé l'arme dans la cuisine. Il la glissa dans sa ceinture, revint, indiqua à Layla qu'elle pouvait retirer les scotchs des pieds et des poignets. L'assassin avait des brûlures, comme des escarres, là où ses attaches avaient été en contact avec le tuyau pendant ces neuf heures. Elle ne fit aucun commentaire, lava son frère avec une serviette trempée, comme on fait pour un infirme ; les jambes, le torse, les aisselles, l'appareil génital. Puis elle fouilla sa sacoche, appliqua une pommade sur les poignets et les chevilles, qu'elle recouvrit de tulle gras et de sparadrap.

Benjamin restait à trois mètres, il la regardait faire.

Quand elle eut fini, il dit :

– Tu peux lui donner le café et les biscottes.

L'assassin se jeta sur la tasse. Il en renversa un peu, se brûla, ferma les yeux.

– Il vaudrait mieux de l'eau, d'abord, fit Layla.

– Va en chercher dans la cuisine, alors. Je ne veux pas le quitter des yeux quand il a les mains libres.

Quand l'assassin eut bu, il dit à voix basse quelques mots en arabe à Layla. Elle ne répondit pas. Il insista :

« هو ليس بصديقك و لكني اخوك »

– Tais-toi, répondit-elle. Tais-toi, tu me fais horreur. Je ne veux pas t'entendre.

Elle se redressa.

– J'ai fini. Maintenant, ton bras…

– Il faut qu'on attache ton frère, d'abord. On peut remettre du scotch sur ses pansements ?

– Il ne vaudrait mieux pas. Il est brûlé.

– Bon.

La voix de Benjamin monta, se durcit.

– Alors, tu vas m'écouter, ducon… Tu vas aller t'asseoir sur la chaise, dans l'angle, et ta sœur va te scotcher les jambes et les avant-bras. D'accord ?

– Il faut qu'il s'habille…

Benjamin hésita une seconde.

– Juste un slip et un T-shirt… Le sac est dans la salle de bains.

Une fois qu'elle eut scotché l'assassin à la chaise, tournée vers le mur, Benjamin vérifia les liens et lui refit un bâillon.

– Ton épaule, maintenant, dit Layla. Tu peux retirer ton pull ?

Benjamin grimaça, secoua la tête.

– Alors, va dans ma chambre. Assieds-toi sur le lit.

Il emporta l'arme avec lui, la posa sur la console à côté de la lampe à l'abat-jour jaune. Il y avait un ordinateur portable, très fin, qu'il n'avait pas remarqué sur la table de nuit. L'écran de veille demandait un mot de passe, et comme Layla arrivait dans le dos de Benjamin, elle souffla :

– Sésame.

Il ouvrit un navigateur, puis le direct de France Inter. C'était les mêmes nouvelles qu'une demi-heure plus tôt, les déclarations, des décomptes, les avancées de l'enquête.

– Assieds-toi, maintenant. Je vais retirer ton pull.

Elle lui libéra d'abord le bras droit, habilement, puis elle fit de même pour la manche gauche. Ensuite seulement, elle passa le vêtement par la tête.

Elle avait des mains fraîches, étonnamment.

Il frissonna.

La radio annonçait qu'un président de la République réunirait tous les parlementaires en Congrès, le surlendemain, 16 novembre, à Versailles.

Elle jeta un œil attentif sur le pansement rudimentaire qu'il avait fait, alla prendre sa sacoche, la déposa aux pieds de Benjamin.

– Attends… Je reviens.

Elle quitta la pièce.

La radio annonçait qu'une minute de silence serait observée dans tous les lieux publics, toutes les écoles, le surlendemain à 11 heures. Que les déplacements scolaires étaient suspendus.

Il l'entendit faire couler de l'eau dans la salle de bains, elle revint en se secouant les mains puis ouvrit un flacon de solution antiseptique, enfila des gants de latex. Elle prit une pince à épiler, souleva les compresses, arracha le sparadrap d'un coup sec. Il grimaça.

La radio annonçait qu'un Premier Ministre avait décidé d'examiner des modifications de la loi concernant la prorogation de l'état d'urgence.

La poitrine nue et maigre de Benjamin se soulevait régulièrement. Layla lui adressa un sourire, rassurant, professionnel, qui faisait probablement partie de son protocole. Elle ne disait pas un mot. Dès qu'elle avait fini un soin, elle reprenait ses distances. Elle avait des sourcils assez épais, un nez droit. Elle serrait les lèvres sous la concentration. Il devina qu'elle devait s'épiler, ou se teindre peut-être, une ombre de moustache, comme beaucoup de filles orientales.

Elle ramena une mèche qui glissait devant ses yeux.

– Une seule balle…, dit-il. Elle a écorché le muscle, sans faire de dégât. J'ai fait une radio.

Elle hocha la tête, passa un tampon de gaze imbibé de Bétadine sur la plaie – il siffla entre ses dents.

– La suture est intacte, mais la plaie s'est infectée. Ça peut être lié au stress, ou simplement à…

Elle ne poursuivit pas.

La radio annonçait qu'un gouvernement envisageait de faire voter la déchéance de nationalité pour tous les terroristes binationaux.

La radio annonçait qu'un député vice-président d'un parti d'opposition avait demandé la création de centres de rétention, sur le modèle américain, pour tous les individus relevant d'une fiche S.

– Il faut que tu consultes assez vite, sinon tu risques de…

– Pas maintenant. Après.

Elle releva les yeux vivement sur lui, une question muette : « Après quoi ? »

« Que comptes-tu faire, maintenant ? »

« Que comptes-tu me faire ? »

Il serra les lèvres. Il ne savait pas.

La radio annonçait que plusieurs dizaines de perquisitions avaient été effectuées, en vertu de l'état d'urgence proclamé par le Président de la République.

La radio annonçait que cinq « djihadistes » avaient déjà été identifiés.

Layla avait repris ses esprits. Elle dit, de sa voix neutre :

– En attendant, je vais te mettre une pommade antibiotique, mais avant, il faut que je nettoie, comme je peux… Ça va faire mal.

Benjamin ferma les yeux.

La radio n'annonça pas que l'un des assassins était prisonnier dans l'appartement de Layla, scotché sur une chaise, tandis que Layla soignait l'une des victimes dans la lumière délicate de sa chambre, clair-obscur de Rembrandt.

⏸

– On passera à la pharmacie te prendre des antalgiques plus dosés, dit-elle. Ils me connaissent… Mais il faut que tu voies un médecin.

– Oui. Après.

Benjamin se remit debout.

Il sortit le *hijab* gris de sa poche, le posa sur le lit :

– Tu l'avais laissé à côté…

Elle acquiesça. Elle ne baissait plus les yeux.

– Je t'attends dans la cuisine, dit-il. Si tu veux. Je nous ai préparé du café.

Elle le rejoignit, se servit un café, s'assit à la table en face de lui.

– Tu ne t'es pas re-voilée ? demanda-t-il, aussitôt conscient de sa maladresse.

Elle fit non de la tête, but, à petites gorgées. Il alluma une cigarette, il en restait deux dans le paquet. Il posa le téléphone de Layla sur la table :

– Mon père a essayé de me joindre, plusieurs fois, sur ton téléphone. Pendant que je dormais. Je lui avais laissé un message.

– Tu veux l'appeler ? demanda-t-elle.

– Non, pas maintenant.

Elle prit l'appareil.

– J'ai effacé le film, dit-il. La vidéo. Les flics ont déjà tous les noms que ton frère a donnés, de toute façon…

Elle se taisait.

– … et puis, tu étais dessus. Je ne sais pas ce qui m'a pris. Je devais être fou.

Elle se taisait.

– Dans quelques jours, peut-être tu pourras oublier. Je… Je suis désolé.

Elle leva les yeux vers lui, brusquement, comme pour le gifler. Ou comme s'il l'avait fait.

– Si tu avais fait à ma famille ce que t'a fait mon frère, moi, je t'aurais tué, dit-elle.

– Oui…

– Mais ce que tu m'as fait, en revanche… je ne l'aurais pas fait à ta sœur.

– Non… Tu as raison.

– Je te demande pardon.

Elle le regarda, fronça les sourcils.

– Est-ce que j'ai le choix ? demanda-t-elle. Est-ce que je peux faire autrement ?

Elle semblait en colère qu'il ait osé s'excuser.

– Si je ne te pardonne pas, comment on continue ?

Le silence se prolongea.

– Qu'est-ce qu'on va faire ? dit-elle.

– On dirait presque un film de Lumet, tu ne trouves pas ? Ou une pièce de Sartre. Le frère de la victime et la sœur de l'assassin, enfermés dans la même cuisine, à deux heures du matin... Les ténèbres autour d'eux, l'ampoule du plafonnier...

Elle ne répondit pas, il la regarda en haussant les épaules. Elle rit un peu méchamment.

– Qu'est-ce qui te fait rire ?

– Là, tu frimes. Et juste après m'avoir dit ça, tu es en train de te demander si j'ai déjà vu une pièce de Sartre ou un film de Lumet...

– N'importe qu...

– Ce n'est pas vrai ? Tu ne l'as pas pensé ?

Elle en riait de nouveau, sûre d'elle, ironique.

– Si, avoua-t-il.

– Tu l'as pensé parce que je suis arabe, ou parce que je suis voilée ?

– C'est drôle, je me dis que Pierre... Il aurait aimé nous voir faire ça... Essayer de se parler... de se comprendre.

– Tu crois que c'est possible ?

– Je ne sais pas.

Le café le brûlait, il buvait à petites gorgées.

– Tu sais ce qui va se passer ? demanda-t-il, sans la regarder, comme pour lui-même.

Elle secoua la tête.

– Après les trois jours de deuil, après la minute de silence dans toutes les écoles, il y aura des discours. Des lois. Des accusations. Des contre-accusations. On va parler de civilisation. On va parler d'islamophobie.

Sans qu'il s'en rende compte, sa tasse vide tapotait la table de la cuisine, de plus en plus vite.

– Jusqu'à l'écœurement, pendant deux ou trois semaines, on va noyer le poisson. Puis on évacuera la question, comme on l'a fait en janvier, après Charlie.

Elle fit la moue à cette évocation, il poursuivit :

– ... oui, tu vois. On a déjà oublié Charlie. Dix mois après. Pourtant, on savait que ça se produirait de nouveau... Et on est tous stupéfaits. Tous.

Elle dit, froidement :

– Je n'étais pas Charlie, moi, en janvier.

– Moi non plus. Enfin, pas comme ils…

– Non, je veux dire… Je n'étais pas d'accord pour qu'ils les tuent, bien sûr. Mais pas d'accord non plus pour qu'on se moque du Prophète.

– Et tu as pensé quoi ? Qu'ils avaient eu ce qu'ils méritaient ? Les dessinateurs ?

– Non, non. J'ai pensé… Je ne sais pas ce que j'ai pensé…

Il hésita à poursuivre – à quoi bon, au fond ? – et puis finalement, si :

– Raconte.

Elle ferma les yeux, inspira.

– Quand ils ont publié les caricatures, mes parents ont participé à une manifestation contre la publication… On vivait en région parisienne, à l'époque… j'avais douze ans.

Elle parlait les yeux baissés.

– Mon père et ma mère étaient fiers, je crois, leur première manifestation… Et le soir, quand ils sont rentrés, nous avons regardé les images à la télévision.

– Et ?

– À la télé, ils traitaient mes parents d'obscurantistes. Ils disaient que nous mettions la République en danger. C'était comme ça : les autres, ils avaient le droit de se moquer du Prophète, et mes parents, ils n'avaient pas le droit de… de dire ce que nous pensions. Même légalement.

Elle le regarda.

– Je me souviens, j'ai pensé : la liberté d'expression, c'est *leur* liberté de *leur* expression.

Était-ce vraiment le moment qu'une parole se libère, là-dessus ? Dans cette cuisine, avec l'assassin ligoté, dans la pièce d'à côté ? Benjamin eut un doute, de nouveau. Et cependant, au fond… quel meilleur moment ?

Quand les morts auraient été enterrés ?

– … Et ensuite, quand il y a eu cette association qui a fait un procès pour nous représenter, ils ont dénoncé cela comme le retour de l'obscurantisme, et ils sont allés parader à Cannes, pour dire que nous étions des cons. Que c'était difficile d'être aimé par des cons.

– Oui, dit-il, après un long silence. C'est le débat. Tout le monde donne son avis, jusqu'à l'injure, jusqu'au blasphème. Mais ensuite, quand Charlie a gagné son procès, ça aurait dû s'arrêter là…

– Comme ça ? Tout le monde donne son avis, et ensuite on n'en écoute qu'un seul ? Et on se moque des autres ?

Elle avait répondu vivement.

– Et je fais comment, moi ? Je fais comment pour le ranger, mon dieu ?

– Dieu, le seul qui dépasse tout, qui ne peut être contenu dans rien, le seul qui est au-dessus de nos têtes jour et nuit, comment je fais pour le ranger dans un espace privé ?

Un temps.

– Si mes convictions sont religieuses, Benjamin… Si ce que je crois décide de ce que je fais, je fais *comment* ? Je me *tais ?!*

Elle criait presque. Abdelkrim les entendait-il, assis sur sa chaise, ses mains liées dans le dos ? Ricanait-il ?

– Continue, dit-il.

– Je ne demande pas d'imposer mon avis, je ne demande pas qu'il s'impose. Je demande juste de pouvoir l'exprimer, comme tout le monde. Tu comprends ?

– Je crois. J'essaie. Je ne suis pas sûr…

– Non. Je ne pense pas que tu puisses. Vous… vous ne comprenez rien au sacré.

– *Vous*, c'est qui ? Qui, Layla ? Les infidèles, les Blancs ? Les impies ?

Il avait parlé froidement, avec méchanceté. Ils se dévisageaient.

– Je ne connais qu'un truc sacré, Layla… Un seul truc… C'est la vie. La vie humaine. Comme l'était celle de Pierre…

Elle détourna la tête, la secoua, sans rien dire.

– Tu n'es pas d'accord ?

– Ce sont des mots… Tu crois qu'elle est sacrée, la vie humaine, quand ils bombardent la Syrie ? Quand les Américains et les Fr…

– Ça justifie les meurtres ?!

Il s'était redressé dans un mouvement brusque – une décharge dans l'épaule, une décharge dans le sang. Sa chaise tomba par terre.

– Ça justifie l'assassinat ?! C'est de notre faute, bien fait, c'est nous qui avons commencé ?

Ses yeux lançaient des flammes. Déjà sa voix retombait, mais elle avait retrouvé cette texture métallique, ricanante, ce rire qui vient du ventre…

– Non, dit-elle. Excuse-moi. Tu as raison.

Elle lui fit signe de se rasseoir.

– Tu as raison, ça n'a rien à voir. Excuse-moi. Assieds-toi, s'il te plaît…

Il le fit.

– Il n'y a pas d'explication. Juste ces types, ces… terroristes.

– C'est OK, dit-il, pour l'apaiser.

– Je voudrais juste…

Elle haussa les épaules, releva les yeux sur lui pour la première fois depuis qu'il avait crié… Elle ne sut pas dire ce qu'elle voulait, au juste.

Il reprit la parole d'une voix douce.

– Pierre… Pierre disait que parfois, il ne faut pas… on ne doit pas… chercher d'explication.

Il choisissait chaque mot.

– … Juste comprendre où on en est. Et surtout, où on peut encore aller.

– Oui… Oui, c'est exactement ça. Où on va, maintenant ? Et comment ?

– On ferait peut-être mieux, d'aller se coucher, dit-il. Demain matin, on y verra plus clair.

Il ne l'attacha pas sur son lit.

Il lui laissa son portable.

Elle ne s'en servit pas.

DERNIERS ENTRACTES

Dounia et Ida dorment, depuis longtemps déjà. Elles embauchent tôt, demain, même si c'est dimanche. Pas de temps pour pleurer.

Sur la Place, à Répu, la flamme de Ninon s'éteint.

À Clara, que dirait Pierre, s'il pouvait parler ?

Simplement pardon. Pardon de ne pas t'avoir beaucoup aimée. De ne pas avoir aimé tes ongles peints, et pas davantage tes fringues de marque, tes amis chics, toutes ces conneries qui chez toi m'apparaissaient comme de la superficialité, du matérialisme. De la surface.

Si mon frère t'aimait comme il t'a aimée, c'est qu'il y avait autre chose. Et moi, je n'ai pas voulu voir. Qu'est-ce qui était vrai, chez toi ?

Et à Layla ?

Pardon aussi. De ma confusion, de mes raccourcis, mes contradictions, quand je parlais de toi.

Pardon simplement d'avoir voulu *m'occuper de toi.* D'avoir pensé que tu avais besoin de moi pour t'extraire, t'émanciper. De quoi je me mêlais ? Pour qui je me prenais ?

Excuse-moi. Ce n'est pas de toi qu'il fallait s'occuper.

À Benjamin ?

Peut-être Pierre lui parlerait-il des films super-8. Les films, leurs souvenirs d'enfance. Ces films qui ont donné envie à Benjamin de devenir cinéaste, parce que leur père préférait tourner avec des pellicules à l'âge du numérique, et que les heures de montage étaient belles, aussi belles que les projections…

Et comme il n'a jamais pu s'empêcher de parler, Pierre, il lui dirait aussi d'être un homme ; de le devenir ; de ne pas renoncer aux amours ; de se tenir la tête haute, la nuque raide s'il le faut, pour ne pas courber la tête.

De continuer ces tête-à-tête avec Layla surtout, dans la cuisine éclairée, dans la nuit d'un pays – pour comprendre, se comprendre. Eux deux.

Mais chut. On frappe. Marion entre.

⊙

L'INFIRMIÈRE QUI A SOIGNÉ LES MAINS DE BENJAMIN, c'est Marion. Elle termine son service. Elle achève une nuit qui fut interminable. Avant de quitter l'hôpital, elle passe par la morgue. Leur dire au revoir, aux cent trente. Les saluer, tous, un par un, respectueusement. Avec affection. Tristesse.

Elle a une voix de fumeuse, rauque, un visage de sainte ou d'héroïne, dans son épuisement. Elle n'en peut plus. Hier soir, elle est revenue précipitamment, à cause du plan blanc, de l'urgence, parce qu'il fallait servir ; c'était plus facile pour elle de servir à quelque chose plutôt qu'à rien.

48 heures sans dormir.

À présent, elle se change dans le vestiaire. Elle enlève sa blouse qu'elle accroche dans le casier, enfile son pull par-dessus son soutien-gorge. Elle a un corps lourd mais beau, généreux, avec un pli sensuel aux hanches.

Elle regarde son portable, sourit : Marco vient la chercher. Parce que c'est samedi, qu'il ne travaille pas cette nuit.

Il l'a attendue, bien sûr.

Bien sûr... « en ces circonstances », qui ne l'aurait fait ?

Marion quitte le vestiaire, emprunte les couloirs, l'ascenseur du personnel.

En pensée, elle revoit cet homme qui cherchait son fils cadet, ce midi – il ressemblait à Marco, en plus vieux.

Auront-ils un enfant, elle et Marco ? Un jour ?

Un enfant susceptible, lui aussi, de mourir ?

Elle revoit les flics qui l'ont interrogée sur la disparition de Benjamin V. Toutes ces questions : se souvenait-elle de quelque chose ? S'il était dans un état étrange ? Et ses blessures, pouvaient-elles avoir provoqué... un malaise ? une fuite ?

Non, les blessures ne provoquent pas de fuite. Ce qui nous fait fuir, c'est la peur. Mais Benjamin V. n'a pas fui, Marion en est certaine. Elle l'a dit aux flics : « Il est parti, c'est tout. » Il était là, et puis, à un moment, il est parti. Il est sorti, du service, du hall, de l'hôpital, de la ville peut-être. Laissant son frère mort derrière lui. C'est ce qu'il y avait de mieux à faire, en ces circonstances. S'en aller.

Ni le père ni les flics n'ont pu se contenter de cette réponse.

(II)

Devant l'entrée du personnel de l'hôpital, elle frissonne. Que fait Marco ? Merde, il fait froid, et cette nuit qui n'en finit pas...

Quarante-huit heures qu'elle n'a pas vu le soleil. Qu'elle est sous les néons et les leds. Elle repense aux morts, aux blessés graves. Ce maelstrom, ce chaos, c'était de l'humain : de la chair, des os et du métal.

Elle revoit le visage du cadet qui lui parlait de l'aîné, pendant qu'elle le nettoyait ; et le visage du père – Laurent, le nom lui revient – qui ressemble à Marco.

Il ne comprenait pas, le père – ses deux fils disparus. L'un mort, l'autre parti. Tous les deux.

Il était là, il ne comprenait pas…

Pourquoi ça la touche, cette stupeur de Laurent, qui demande poliment qu'on répète ? Qu'on redise les mots simples ?

– Parti ?

– Parti.

– Mais comment ça, parti ?

Ça la bouleverse. C'est le meilleur résumé de l'état où ils sont, elle, Marco, la ville, le pays tout entier :

– *Partis ?*

– *Partis…*

Elle frissonne encore dans sa veste de laine. Samedi 14 novembre, il fait presque doux mais tout de même, à trois heures du matin…

Marco arrive, arrête sa moto devant l'entrée. Debout sur la pointe des pieds, le moteur au ralenti, il l'attend. Elle court vers la moto, récupère le casque derrière lui, l'enfile, se colle, mains autour de sa taille, cuisses contre ses jambes. Elle se serre, s'enfouit, elle voudrait pénétrer en lui comme cela.

Le phare arrière de la moto laisse une traînée rouge dans l'air d'automne.

(II)

Ils arrivent à destination. C'est un immeuble de taille moyenne, en moyenne banlieue.

Quand ils auront remonté les trois étages vers leur studio-cuisine, elle ira prendre une douche (elle se douche normalement à l'hôpital, pas là). L'eau crépitera sur son visage, son front, ses yeux, et elle se laissera faire.

Elle sortira, nue dans sa serviette nouée sous les aisselles, avec la vapeur qui la suit dans le salon-chambre. Elle verra que Marco a ouvert le canapé convertible et tiré les rideaux.

Elle dira son prénom : « Marco ».

Il sortira de la cuisine. Elle laissera tomber la serviette à ses pieds, devant lui. Comme ça, sans coquetterie.

« Prends-moi. »

« Prends-moi, s'il te plaît. »

Elle le déshabillera, avec des gestes impatients, très proches de la colère. Marion ne voudra plus dormir. Plus jamais.

Alors ils feront l'amour, des heures, des heures. Ils feront du sexe, et puis de l'amour, avec plus de douceur, et puis encore du sexe, comme une guerre, comme on monte à l'assaut, parce qu'il faut bien tout de même mourir contre un corps, et s'éprouver vivants.

ACTE V

Demain, l'odeur du café frais envahira le deux-pièces, tandis qu'il goutte. Qu'il distille. Qu'il percole. Une odeur familière que les hommes partagent, en Afrique, Arabie, Europe ; depuis l'Éthiopie et la péninsule du Yémen. La même odeur les réveillera tous, de leurs rêves bons ou mauvais.

Benjamin, lui, sera déjà levé.

Dans la pièce, l'assassin, immobile sur sa chaise, regardera le mur. Sans perspective – au coin. Ligoté, bâillonné, réduit à l'impuissance et dans un angle mort. Peut-être dormira-t-il encore, le menton reposant malaisément sur le torse. Dans ce cas, il risque d'avoir un torticolis à son réveil.

Benjamin pourrait le tuer, aussi, d'une balle dans la nuque. Mais à quoi bon ?

Il pourrait lui parler de sa sœur, également, qu'il comprend, qu'il désire, avec qui il dispute. Cela le tuerait, peut-être, l'assassin, plus sûrement encore… mais à quoi bon ?

Lui, il n'a aucune espèce d'importance.

Le jeune homme frappera à la porte de la chambre de la jeune femme, attendra une réponse qui ne viendra pas. Il ouvrira.

Elle sera recroquevillée sur le couvre-lit, comme une enfant, en position fœtale. Endormie tout habillée. Le portable, posé à côté d'elle, clignotera des nouveaux messages laissés par son père à lui.

Il se penchera sur elle, elle se redressera, brusquement. Surprise de sa présence.

Quand elle le rejoindra dans la cuisine, il sera en train de boire, debout, une tasse brûlante, appuyé contre la gazinière.

– Café ?

Il lui servira un bol, allumera la dernière cigarette d'Abdelkrim. Il aura fini depuis longtemps le paquet du barbu de la gare, à cette heure-là.

– On n'a plus de tabac, et je dois acheter des affaires, me changer. Tu sais où trouver ça, un dimanche ?

Elle acquiescera.

⓫

Avant de sortir, il ira parler à l'oreille de l'assassin :

– On a quelques courses à faire. Je ne te dis pas pour combien de temps. Mais si la chaise a bougé quand je reviens, si quoi que ce soit a changé dans la pièce, je te fais très, très mal.

●

Dehors, la lumière blanche du jour l'aveuglera. Il y aura des gens, du monde, un monde. Le vent sera chargé d'une odeur de gasoil. Bruit des automobiles. Une mobylette passera ; des conversations, à la terrasse du café où travaille Ida ; des cris de mouettes. Des conversations dont certaines portent sur les morts, la terreur, mais plus toutes déjà. Sans doute moins de la moitié.

Layla aura mis un pull à grosses côtes, de laine brune et blanche. Avec ses pataugas, ça lui fera une tenue de montagnarde ; de *peshmerga*, même, avec cette écharpe de lin noir, frangée, dont elle aura ajusté les pans sur ses cheveux comme une Kurde.

Après le tabac, ils iront à la pharmacie de garde, assez éloignée. Ils croiseront des gens, sacs de courses en main, un journal parfois sous le bras. Le quotidien régional aura paru ce dimanche matin, sans que Benjamin sache s'il s'agit d'un fait habituel dans cette ville reléguée, cette région sinistrée.

Il se sentira étonné de voir des humains : la vie aura donc continué, dehors, pendant ces vingt-quatre heures ? Les chaises ne seront pas renversées aux terrasses. En passant, la couleur très vive d'une orange écrasée, dans le caniveau, accrochera son œil. Layla semblera différente, elle respirera mieux.

– Pour tes vêtements et les repas, on va passer au marché, dira-t-elle. C'est le plus simple. On trouvera aussi un blouson, tu vas avoir froid.

Effectivement, Benjamin frissonnera, le vent sera glacial : novembre torse nu sous son pull.

Ils arriveront sur la place au moment où le clocher d'une église sonne, quelque part. Les passants du matin, avec leurs cabas, leurs caddies en toile cirée ; deux chiens qui se reniflent sous les regards de leurs maîtres ; il y aura les étals des maraîchers sous des bâches vertes et des stores en tissu, les habituels monticules des quincaillers, empilements de plastique, de tout et rien…

Sur les trottoirs, des pigeons disputeront aux mouettes les habituels détritus, épluchures, fruits gâtés. Remugles de nourriture, de graisse frite et de cuir.

Benjamin se demandera si à Paris aussi, sur la scène de crime, la vie reprend déjà. On s'inquiète peut-être encore… Est-ce qu'on évite les lieux exposés ? Faut-il relancer la machine, déjà, re-consommer, revenir en terrasse ?

Layla fendra la foule devant lui.

Elle s'arrêtera devant un stand où on vend des blousons, des vestes à capuche fourrées d'un faux mouton en textile synthétique. Elle restera à l'écart, le temps qu'il choisisse, approuvera d'un geste la deuxième qu'il essaiera. Il paiera, la rejoindra.

Elle l'aidera à passer la manche gauche et l'emmènera à un étal de t-shirts et de sous-vêtements.

– Je te laisse choisir seul. J'ai déjà acheté des slips d'homme, hier. Si on me voit aujourd'hui avec un garçon, en train de lui acheter des caleçons, tout le quartier va finir par jaser.

Elle rira, resserrera son écharpe sur ses cheveux.

Il prendra deux caleçons, deux T-shirts, des chaussettes. Deux jours d'autonomie, pourquoi ? Pourquoi pas trois, ou bien un seul ?

Pour quoi faire ?

Ils achèteront ensuite de quoi préparer plusieurs repas, s'arrêteront devant un boucher sur l'étal duquel une inscription témoignera du caractère licite de l'abattage des animaux, garanti par une association cultuelle sous l'autorité de la grande Mosquée de Paris.

Cela sentira la viande morte, fade, et le poivre.

– Tu sais combien de temps tu vas rester ?

Non, il ne saura pas encore. Elle prendra du bœuf à bouillir, des abats aussi, en petite quantité, des merguez, et paiera.

– Je suis désolé, je n'ai plus de thunes, s'excusera-t-il.

– Ne t'en fais pas pour ça… C'est pas la fin du mois, encore.

Des clients de plus en plus nombreux autour d'eux : les plus jeunes arrivent, quelques enfants.

Ils s'éloigneront.

– J'ai faim, dira-t-elle soudain, comme gaiement, en se tournant vers lui.

Elle lui prendra le bras droit, l'entraînera vers les baraques à frites qui s'alignent le long de la rue :

– On va manger au bord de la mer ?

Ce sera dit presque avec insouciance.

– Aujourd'hui ? Maintenant ?
– Oui. S'il te plaît.

– Qu'est-ce qu'il y a, Layla ?
– Je ne veux pas rentrer chez moi. Pas tout de suite. Pas avec… lui.
Elle suppliera des yeux.
Un bref instant, le jeune homme songera que peut-être, la jeune femme lui ment ; qu'elle a convenu quelque chose en arabe avec son frère, pour lui permettre de fuir…
Mais non. Il faut croire Layla.

Il achète deux portions de frites à une baraque roulante, avec des merguez trop rouges, de la mayonnaise. À l'étal suivant, ils prennent un sachet d'arachides nappées de caramel, qu'on appelle *chouchous*, ici, et des canettes de boisson, puis ils vont vers la mer.

Dans la chambre de Layla, sur son ordinateur, la radio restée allumée annonce que la Cop21 est maintenue. Elle annonce que les principaux candidats suspendent leurs campagnes pour les élections régionales. Et tout un tas d'autres conneries.

Le tueur, lui, ne dit rien. Ne pense rien.

Dans la tête d'Abdelkrim, que se passe-t-il à cet instant ? On ne sait pas. C'est un mystère.

La mer les attend après un carrefour, à quelques centaines de mètres vers le Nord, au bout d'une rue. Marée basse. Mer étale, lointaine.

Le jeune homme s'arrêtera, en face d'elle.

Il connaît l'océan, la Bretagne, les eaux bleues, les ciels puissants, l'odeur forte des genêts, le sable blanc qui crisse sous les dents quand le vent souffle ; les plages où il jouait enfant sous l'œil-caméra de Laurent, avec Pierre. Il se souvient des étés, des jeux de plage, et des projections automnales : les films super-8, l'image saturée, les gestes accélérés, saccadés par la projection en 18 ou 24 images par seconde.

Il regardera l'étendue immense, gris-sale, presque à perte de vue. Des flaques d'eau salée capturent les nuages, par bribes, frissonnent dans le vent, comme une peau effleurée. La vase, le varech, les algues sentent l'humide et le sel, et aussi une odeur plus écœurante, entêtante. Ça et là, des détritus jonchent la plage. Mer du Nord – terrain vague.

Ils franchiront la digue.

En descendant les degrés trop hauts, en brise-lames, pour rejoindre la grève, Benjamin ressentira une douleur vive dans son bras – comme se réveillerait la blessure ancienne d'une guerre qu'il n'a pas menée, et qu'il refuse de faire.

Ils fouleront le sable, avanceront vers la mer.

– On se met là ? demandera-t-il. Ou tu préfères revenir te poser sur les marches ?

En riant, elle se laissera tomber sur le sable presque sec.

Ils seront côte à côte, les genoux remontés. Ils auront posé les barquettes entre eux, tremperont les grosses frites, grasses, dans la mayonnaise très blanche. Elles auront un goût de sel, d'huile, leur chair sera grumeleuse. Ils ne diront pas un mot. Leurs mains se frôleront au-dessus de la barquette, le gras de friture fera luire leurs lèvres, leurs doigts. Quand leurs regards se croiseront, ils riront sans un mot, des yeux. Ils boiront, lui la canette de bière, elle le soda.

Benjamin n'aura plus faim.

Seulement une envie dévorante d'être en vie.

Il la regardera, à la dérobée.

Le vent aura arraché des mèches au voile de Layla, elles passeront devant ses yeux. Il lui trouvera un profil parfait, de médaille comme on dit – les lignes pures de sa mâchoire, de son cou, de son front, ses très longs cils noirs qui battront plus vite quand les bourrasques leur giflent un peu de sable au visage.

À la dérobée, Benjamin jettera aussi des coups d'œil vers les seins de Layla, ses beaux seins lourds qu'il n'aurait pas dû voir si tôt, les beaux seins qu'il regarde malgré tout, on ne peut s'empêcher de regarder. Il se lèvera, fera quelques pas sur le sable ; courra peut-être même deux ou trois foulées, le bras gauche le long du corps.

Puis il reviendra vers elle.

Les bras de Layla encorbellant ses genoux, elle lèvera des yeux rieurs vers lui. Il restera là, à deux mètres.

– Qu'est-ce que tu fais ? demandera-t-elle.

– Je te regarde.

Elle détournera les yeux, rougira. Il y aura sur son visage un plaisir simple, joyeux, étonné, et quelque chose comme de la coquetterie, dans la façon dont elle penche le visage.

– Et alors ?

Elle rira de nouveau. Lui aussi.

– Alors quoi ?

– Comment tu la regardes, la sœur de l'ennemi ?

« *Comment tu la regardes…* »

Comment tu la regardes, la mer ? La vie qui vient et reflue, nous traverse, puis se retire ? Comment tu la regardes ? Et vers où ? Vers quel horizon – quelle ligne de fuite ?

– Tu sais à qui on ressemble, là, sur cette plage ?

Non, Layla. Raconte.

– À deux migrants de Calais. On en voit de temps en temps par ici, dans les rues ou sur la plage. Ils regardent la mer, comme si… comme s'ils espéraient qu'en apercevant l'Angleterre, en face, la moitié du chemin serait faite.

– On ne la voit pas, aujourd'hui, l'Angleterre.

– Non. Trop de brouillard.

– Avec ton voile kurde, si on restait ici trop longtemps, on se ferait sûrement toper par les flics…

Elle se tournera vers lui, hésitera en haussant les épaules :

– De toute façon, tu m'as vue nue… Tu veux que je l'enlève ?

Elle ébauchera le geste de retirer son écharpe.

– Non, dira-t-il. Ce n'est pas ce que je voulais dire.

Il lui rajustera le voile noir sur ses épaules et ses cheveux, glissera une mèche rebelle derrière son oreille, puis il se laissera tomber en arrière, sur le sable, une main derrière la tête.

Il regardera le ciel.

– Tu sais ce qui m'énerve, au fond, avec ça ? dira-t-elle. C'est que c'est toujours sur nous que ça retombe. Nous, les filles. C'est nous qui devons empêcher les hommes de pécher… Nous dont on prétend « s'occuper »… qu'on veut « émanciper », que ça nous plaise ou non… S'il y a un problème avec l'islam en France, c'est toujours pour nous… Les filles.

Ils se tairont.

Le vent qui se sera levé, un vent de terre, soufflera dans le visage de Layla, l'aveuglant presque alors qu'elle le regarde, lui. Il contemplera le ciel. Un ciel flamand, changeant, incertain – vide ?

– Toi, Benjamin, tu crois qu'il y a un problème avec l'islam, en France ?

– Je ne sais pas… Je m'en fous un peu, Layla. Je voudrais juste qu'on se taise quelques heures…

Il s'accoudera sur son bras droit. Les barquettes de plastique vides, souillées de mayonnaise, se seront envolées. Ils n'auront pas fait un geste pour les retenir. Les sacs de leurs courses battront, à deux mètres d'eux, comme une voile avant de se tendre et d'emporter l'esquif, irrésistible.

Elle dira, à voix haute, en essayant de deviner quelque chose, très loin, du coté la mer :

– Le Prophète ne dit pas que c'est un péché, de rester découverte. Il dit seulement que se voiler est une façon modeste de se comporter, convenable pour la femme, pour ne pas entraîner l'homme dans le péché…

Elle se retournera vers lui. Elle lui sourira. Les yeux, les lèvres, les dents, tout son visage.

– Je t'entraîne dans des mauvaises pensées, tu ne crois pas ?

Le jeune homme regardera la jeune femme. Sur cette plage. Une *peshmerga* désarmée, sans kalachnikov. Belle. D'une beauté insolente. Est-ce un péché, de la regarder comme ça ? Est-ce trop tôt, bien trop tôt ?

« Comment tu la regardes, la vie ? Tu reprends pied, déjà ? »

●

Peut-être qu'à ce moment, les flics alertés par la disparition de Benjamin V. rentreront chez Layla. Dix, vingt, cent flics. Avec des explosifs, un bélier pour faire sauter la porte, des scanners pour savoir combien d'humains se planquent. Avec des casques anti-émeutes, des gilets pare-balles, des boucliers pare-feu. Avec des chiens chasseurs appelés Diesel ou Dagobert ou Rintintin, on s'en fout. Avec des cagoules noires sur leurs visages tendus.

Peut-être qu'ils auront trouvé étrange cet appel d'une victime à son père, la veille, depuis le portable de la sœur d'un type fiché S.

Peut-être qu'en cherchant, ils auront gratté cette piste.

Pensé à un enlèvement. Un otage.

Ou des complicités.

Peut-être qu'ils auront trouvé aisément l'adresse de Layla, géolocalisé le téléphone grâce à leurs satellites. Peut-être qu'elle aura laissé son portable chez elle, ce matin.

Et peut-être que maintenant, ils débarquent, sans prévenir, vers midi, dans cet appartement. Qu'ils trouvent le terroriste scotché à sa chaise. Et l'arme posée dans la cuisine. Et des empreintes, plusieurs ADN, l'ADN de trois vivants et l'ADN d'un mort.

Pierre.

Le sang de Pierre.

Tirent-ils ? L'exécutent-ils ? Il n'y a pas de raison. Même si cela arrive, parfois.

Mais de ça, même de ça, Layla et Benjamin se moquent, en un sens. Ça ne règle rien. Ça ne résout pas l'avenir.

– Demain, j'aurai vingt ans, dira-t-il sur leur plage, en même temps précisément qu'il le réalisera.

Une deuxième fois, il songera que Pierre, sans doute, avait un cadeau dans sa sacoche. Que Pierre aurait dû se trouver en face aujourd'hui, juste en face – en Angleterre, loin d'eux, si proche, et ils auraient pu l'apercevoir, à la jumelle, à l'œil nu presque, s'il n'y avait pas tant de brouillard.

De l'autre côté de la mer. À pieds secs.

– Ce qu'il faudrait qu'on fasse, c'est qu'on s'en aille, tous les deux. Aujourd'hui. Qu'on parte…

– … Déserter ! Sans même avoir enterré nos morts. Partir tous les deux, aujourd'hui, prendre un taxi pour Calais, un ferry pour Douvres, un train pour Londres, un bateau pour New York…

Elle sourira.

– Tu aimerais New York ? Ou alors, l'Argentine ?

Qu'importe, elle hausse les épaules, d'accord, d'accord pour tout.

– Ton frère… l'assassin… on le laisse là, sur sa chaise, ligoté pour toujours.

– Et si les flics le trouvent ?

– S'ils le trouvent, ils l'arrêteront.

– Non, ils le tueront. Et ils me tueront, moi, si je suis avec lui.

– Peut-être. Mais si tu viens avec moi, Layla, ils ne te trouveront pas. Si on s'enfuit… On ne repasse pas chez toi. On va au marché t'acheter des vêtements. Pour deux jours, comme moi. Et à l'étal des soutifs, je m'éloignerai pour ne pas savoir quels sous-vêtements tu portes.

Elle rosira. Il sourira.

– J'apprendrai la pudeur… Je la réapprendrai.

Elle détournera le regard, les yeux brouillés.

– Ensuite, on prend un bus pour Calais. On migre. On se barre à l'anglaise. Et quand on sera à Londres, avant de rechercher un bateau pour New York, on mangera du poisson et des frites, *fish & chips*, chez un Pakistanais.

Elle aura un petit rire, rapide, incrédule, comme on hoquette ou comme on reprend son souffle, c'est selon.

– Moi, je prendrai une bière, dira-t-il. Une mousse servie trop tiède, comme ils font… Et j'appellerai mes parents de là-bas. Je n'aurai plus peur.

– Moi, dans ce cas, je n'appellerai pas ma mère. Pas tout de suite. Elle ne comprendrait pas.

– Non, tu ne l'appelleras pas.

– Elle risquerait de venir chez moi, sinon. Elle trouverait mon frère… Et elle le libèrerait, bêtement, c'est son fils…

Layla avancera la main, effleurera du bout des doigts le bras blessé de Ben. Avec réserve, presque une timidité.

– Mais il faudra te faire soigner, d'abord.

– Pas le temps. Si on attend, si on réfléchit trop, on ne partira pas. Je me ferai examiner à bord.

Oui, voilà. Entre deux rives, deux mondes. L'ancien et le nouveau.

– … Et toi, tu seras mon infirmière de bord…

– Mais bien sûr !

Elle rira, moqueuse.

– Ça fait un peu macho, dit comme ça, non ?

– Oui… non… ce n'est pas ce que je voulais dire.

Il la regardera sérieusement, presque agacé qu'elle l'ait interrompu.

– Tu viendras deux fois par jour dans ma cabine faire mes pansements…

Il sourira, à son tour.

– … Au bout de quelque temps, j'essaierai peut-être d'en profiter, j'avoue – mais pas au début, parce que j'aurai trop mal.

Il grimacera, comiquement, en exagérant.

– Là, par exemple, j'ai *très* mal…

Elle lèvera une main devant sa bouche, s'empourprera – des plaques rouges sur les joues, le front –, le regardera avec dans les yeux une provocation délibérée.

– Tu parles de *ta* cabine… parce qu'on en aura deux ?

– Bien sûr, Layla. Deux cabines. C'est toi qui les paieras, je te signale : moi, je n'ai plus une thune… Mais dès que mon bras sera guéri, je me trouverai un boulot à bord. Je ferai la plonge, ou la soute à charbon, tiens. Et avec ma paie, on prendra le bateau suivant.

– Deux cabines, encore ?

– Voilà. Deux cabines, et deux lits. Jusqu'à ce que tu veuilles qu'on partage le même. Tu décideras…

– Pourquoi moi ?

– Moi, je ne comprends rien au sacré, tu te souviens ? Et puis, c'est toujours sur vous que ça retombe… les filles…

Elle rira. Sa voix enrouée – voilée. Elle lui serrera la main droite à lui faire mal : les plaies aux phalanges, les échardes dans les paumes…

– Et si jamais on la partage dès ce soir, notre chambre ? Dès cette nuit ou demain ? Si je te dis oui dès ce soir, on part quand même ?

– On part quand même. Trois mois. Six, peut-être. Le temps qu'il faut.

– Qu'il faut pour quoi ?

Pour s'arrêter, pensera le jeune homme. Comprendre ce qui a foiré. Étudier, lire. Pardonner ce qui doit et peut l'être. Devenir meilleur.

Surtout, ne pas entendre les amis qui te disent : « Il faut re-vivre. » « Il faut que tu te reprennes, Ben, que tu te forces… *comme avant*… Danser, boire, rire en terrasse. Continuer *comme avant*. »

S'arrêter, oui. Six semaines, six mois, six ans… La vie entière peut-être. Six jours ou six ans, six siècles.

– Si je continue sans Pierre, dira-t-il, c'est bancal… sur une jambe.

– Alors moi, je serai ta béquille.

– Et moi, la tienne.

– Tu nous imagines ? Appuyés l'un sur l'autre, sur le pont d'un navire…

Il les imagine, oui. Très bien, même : deux amputés accrochés à la lisse, allant vers ailleurs. Deux victimes, collatérales, aux marges du désastre, en son cœur. En quête d'un endroit où les tueurs ne font pas peur, où ils ne gagnent pas.

– Oui. Ça nous ressemble.

– Deux fuyards pour toujours ?

– Peut-être. On verra. S'il faut chercher six semaines, six mois, six ans…

– On cherchera. Tous les deux. Même six siècles…

Elle éclatera de rire, brutalement. Un rire incrédule, rauque, vital, rageur. Un rire du ventre, à la couper en deux. À devoir s'appuyer sur lui.

Déraisonnable.

Et ce matin-là, dimanche 15 novembre, sur cette plage, vers l'heure du déjeuner, je crois qu'ils n'auront pas peur.

CRÉDITS ET REMERCIEMENTS

Le samedi 21 novembre, huit jours après les attaques à main armée multi-cibles de Paris, je suis allé à la Maison des Arts de Thonon-les-Bains, pour y voir *Aux Corps prochains*, de Denis Guénoun et Stanislas Roquette. Avant le spectacle, on nous a avertis que sa bande-son comportait des coups de feu, et qu'il ne fallait pas fuir…

Je dois à ce spectacle de m'être ébroué.

La pièce, bouleversante, m'a invité non seulement à écrire sur ce lendemain des meurtres, mais m'a montré aussi la voie pour le faire : celle des corps, et des Actes.

J'ai une pensée permanente, depuis, pour tous ceux que les attaques de novembre (et aussi toutes les autres, ailleurs, avant et depuis) ont laissés *empêchés*. Les victimes, bien sûr, les blessés ; les familles endeuillées ; mais aussi ceux que ces événements ont bouleversés et *arrêtés*. Je pense à quelques collègues et copains, qui n'écrivent plus depuis – pour les mêmes raisons que moi, j'ai choisi d'écrire.

Aucun choix n'est le seul.

★

J'ai eu des discussions décisives pour me lancer dans ce projet sur le salon La Baie des Livres de Morlaix et lors d'une rencontre avec les étudiants de BTS 2e année, au lycée agricole de Suscinio.

Je suis retourné, en mai, voir ces étudiants, pour leur lire quelques pages de ce livre avec leur professeure, Elise. Merci.

Théophile, Madeleine, Sarah, mes enfants ; Anne-Lou, une jeune « invitée » ; Claire, Sarah, Florence, Cécile, Clémentine, des collègues (et copines) ; Anaïs, Emmanuelle et Audrey, chez mon éditeur… Il et elles m'ont fait l'amitié de lire ce texte à différentes étapes de son écriture. Leurs remarques, réactions, critiques (et effrois parfois) ont été un encouragement utile pour l'achever.

Chez mon éditeur, le travail de tous, Tibo bien entendu, et également Fred, Manue, Anaïs, Charlène, Julia, Xavier, et Claudine que j'ai rendue presque folle avec mes choix fluctuants de maquette, a été remarquable.

La première chanson que j'ai écoutée, chaque jour, avant d'écrire ces pages, est un titre de Damien Saez, *S'en aller*. Cécile trouve que cela aurait fait un bon titre à ce livre.

*

Ce livre n'aurait pu exister sans trois personnes, à qui je veux adresser ma gratitude toute particulière.

Tibo B. a eu une foi suffisante pour m'encourager, dès que je lui ai proposé ce projet. Il m'a permis de trouver les chœurs, d'inventer les entractes, de préciser les visages et les corps, de terminer sur une plage, d'écrire au futur ; il m'a permis, en fait, de déployer le livre. Sa confiance dans la fiction romanesque a été un guide, au jour le jour.

Marion B. a été une lectrice bienveillante et exigeante. L'audace de son *Dans le désordre* avait mis la barre très haut. Ses conseils, ses enthousiasmes m'ont aidé pour écrire *dans* la tragédie, et, j'espère, *contre* elle.

Enfin, Juliette m'accompagne depuis nos 17 ans. Depuis toujours, quand je me fie à la colère, elle cherche l'espérance. Elle me montre la lumière.

Jamais elle n'a été si présente dans mon travail que pendant ces mois, ligne à ligne, jour après jour. Sans elle, je n'aurais pas su commencer, et je n'aurais pas su terminer.

SÉQUENCES POST-GÉNÉRIQUE

⊙

Sept jours plus tard. Romans, salle de théâtre à rayonnement régional.

Marie se tient accoudée sur le bord de la scène. Elle porte son short rouge, le même que le 13. Les spectateurs entrent dans la salle, elle les regarde s'installer. Elle va jouer, danser.

Pourquoi continue-t-elle ?

Elle repense à cette nuit du vendredi, quand ils ne savaient pas. Aux mots du metteur en scène, *incarner plus que jamais*. Il leur a dit qu'il serait avec eux. En troupe.

Ce soir, il avertit les spectateurs – il les prévient que la bande-son du spectacle comporte des détonations et des rafales d'armes automatiques dans les premières minutes. Que le public ne doit pas croire à ces tirs, qu'il ne doit pas sortir en courant, s'enfuir.

On en est là.

Ce soir, la vidéo ne se déclenche pas dans les premières minutes. Problème de régie.

On reprend. On recommence.

Pourquoi on continue ? Pourquoi elle continue, Marie ?

Elle s'accroche à quelque chose : un silence, peut-être. Une qualité de silence.

Ensemble, en troupe, ils jouent sur une pensée, un mot de Spinoza : « Nul ne sait ce que peut un corps. » Ils jouent sans texte ; ils ne jouent pas, ils dansent. Incarnent. Se taisent le plus souvent, jusqu'à la déclaration. Pour voir, savoir, ce que peuvent des corps. Se lever, se laver, fuir, danser, fêter, avant de se déclarer.

Dans le deuxième tableau, muet, il y a un moment où Marie se dévêt. Presque entièrement. Pour se laver sous les yeux du public. Nue sauf un slip de coton, debout dans un tub sous la cruche levée d'Alvie, qui la baptise, sous l'éponge de Stan qui l'étrille, elle est à cette minute la beauté même.

Elle sent que ça *prend*, cette scène – elle le sent tous les soirs, depuis Chaillot, au silence de la salle. Le tub, la cruche d'étain, l'eau qu'il faut puiser pour se laver. La pâleur de cette peau, dans la lumière blanche. Grâce ancienne, innocente ; retrouvée.

Juste avant, Marc s'est dévêtu aussi, avec sa gueule de vieux *homeless*, de prophète, d'apôtre à la Cène ; et sa nudité suscite, souvent, quelques « oh » de surprise, des ricanements parfois, gênés – quand il y a des classes de lycéens. Mais pas elle. Elle, on ne rit pas de ses seins. De son corps jeune. De sa cambrure. On se tait. On regarde.

Beauté même.

On les laisse la laver. On les contemple.

C'est pour cet instant où la beauté somme les spectateurs de se taire, de voir, d'entendre, que Marie doit continuer. Pense-t-elle. Espère-t-elle. Parce que c'est la beauté qui peut sauver le monde.

Sur un film de Laurent, été 2000, Pierre court sur une plage, en maillot de bain, torse nu, jambes nues. L'image tremble un peu. La pellicule est rayée, par endroits, de traits blancs, comme des griffures d'ongle.

Le corps du garçon, maigre, bronzé, est celui d'un chat, ou d'un sauvageon – on est chat et sauvage quand on court à neuf ans, presque nu. Il va pelle à la main ; il interpelle son père pour qu'il le cadre, le suive avec la caméra – on le voit à ses gestes mais le film est muet.

Il saute dans les flaques, éclabousse son petit frère, puis part escalader les rochers, dans le fond. Sort du champ. Disparaît. Le temps beau, un peu froid, sature les couleurs. C'est un soleil breton, piquant, salé, qui semble accorder une éclaircie comme un sursis entre deux crachins. La plage a des galets, des ajoncs, du sable.

Sur le film, qui tressaute dans ce cliquetis caractéristique de défilement du format super-8, le petit Benjamin essaie en courant de suivre Pierre. L'aîné surgit dans le champ, de nouveau, avec le cadet. Leurs jambes vont trop vite, 18 images par seconde. Benjamin ne parvient pas à suivre son frère, dans l'escalade. Au pied des rochers, il pleure, râle, appelle son père. Laurent filme *tout ça* : Benjamin qui pleure, boude, râle, et Pierre triomphant au sommet des rochers.

Fondu au noir.

L'image d'après, sur le film de l'été 2000, il y a deux autres gamins qui jouent sur le sable avec les deux frères. Au football.

Un garçon et une fillette.

Le garçon, un jeune Arabe brun de peau, a environ le même âge que Pierre, la même grâce de l'enfance finissante. Élégance, vivacité des gestes ; même insouciance, sans que le corps s'encombre encore. Des cheveux noirs et frisés.

Ils jouent au ballon avec la petite sœur du jeune Arabe, la cadette – la benjamine, comme on dit. Elle porte un maillot rose un peu trop grand pour elle. Ses cheveux longs, frisés, sont emmêlés, ensauvagés de sel et de sable. Son frère rit, la fait volter devant la caméra de Laurent. Faire l'avion.

Ils posent tous les quatre, bras dessus bras dessous, devant l'objectif, hilares, s'adressent au caméraman tous en même temps. Hâbleurs. On ne sait pas ce qu'ils disent.

Les garçons s'égaient ensuite, prennent le ballon, le déposent sur un point qu'ils ont tracé du talon sur le sable, se font des passes.

Quand ils tirent vers la fillette, elle ne parvient jamais, du haut de ses six ans, à arrêter le ballon. Elle court après, loin, sur la plage immense de la marée basse, l'attrape dans les mains, le rapporte à son frère.

Aux mouvements des lèvres, sur le film, on devine que le garçon lui dit, gentiment, de ne pas prendre le ballon dans les mains. Elle n'a pas le droit, c'est du foot.

Ils recommencent, patiemment, shootent moins fort. Elle rate de nouveau, échoue, court, revient, le ballon dans ses mains. Pierre aussi rit, avec l'autre, ils ont l'air fier, heureux, cet air de défi des gamins de neuf ans qui vont prendre le monde à l'abordage.

Les images sont presque brûlées de soleil, elles tressautent dans le souvenir des fils, et du père, parce que le souvenir se confond avec les images qui trémulent légèrement sur un projecteur super-8, un soir d'automne.

Ce ne sont pas ces souvenirs tremblants qui comptent – sauf pour les morts. Ce qui compte, pour les vivants, c'est ce qu'essaient de faire Benjamin et Layla, je crois. Et Marie.

Directeur de publication : Frédéric Lavabre
Collection dirigée par Tibo Bérard
Maquette intérieure : Claudine Devey

Achevé d'imprimer en octobre 2016
sur les presses de l'imprimerie Pulsio.net
N° d'édition : 0089
Dépôt légal : 2e semestre 2016
ISBN : 978-2-84865-922-0

Imprimé en Bulgarie